LA VOIX
DES FLEURS

COMPRENANT

L'ORIGINE DES EMBLÈMES DONNÉS AUX PLANTES
LES SOUVENIRS ET LES LÉGENDES QUI Y SONT ATTACHÉS
LES PROVERBES AUXQUELS ELLES ONT DONNÉ LIEU
LES VERS QU'ELLES ONT INSPIRÉS AUX POÈTES
ENFIN DES PENSÉES MORALES DES PLUS GRANDS ÉCRIVAINS
SUR LES VERTUS OU LES VICES QU'ELLES REPRÉSENTENT

PAR

Mlle CLARISSE JURANVILLE

Auteur de nombreux ouvrages classiques

MEMBRE DU CONSEIL DÉPARTEMENTAL DU LOIRET

> A travers bois ma source fuit :
> Elle est humble et fait peu de bruit ;
> Mais elle est pure : on y peut boire.
>
> E. MANUEL.

PARIS
LIBRAIRIE LAROUSSE
Rue Montparnasse, 15, 17, 19
SUCCURSALE : Rue des Écoles, 58 (Sorbonne).

LA
VOIX DES FLEURS

OUVRAGES DE Mlle Clarisse JURANVILLE :

Expédition *franco*, sans augmentation de prix, au reçu d'un mandat-poste.

LA VOIX
DES FLEURS

COMPRENANT

L'ORIGINE DES EMBLÈMES DONNÉS AUX PLANTES
LES SOUVENIRS ET LES LÉGENDES QUI Y SONT ATTACHÉS
LES PROVERBES AUXQUELS ELLES ONT DONNÉ LIEU
LES VERS QU'ELLES ONT INSPIRÉS AUX POÈTES
ENFIN DES PENSÉES MORALES DES PLUS GRANDS ÉCRIVAINS
SUR LES VERTUS OU LES VICES QU'ELLES REPRÉSENTENT

PAR

Mlle Clarisse JURANVILLE

Auteur de nombreux ouvrages classiques

MEMBRE DU CONSEIL DÉPARTEMENTAL DU LOIRET

> À travers bois ma source fuit :
> Elle est humble et fait peu de bruit ;
> Mais elle est pure ; on y peut boire.
>
> E. MANUEL.

QUATRIÈME ÉDITION

PARIS
LIBRAIRIE LAROUSSE
Rue Montparnasse, 15, 17, 19
SUCCURSALE : Rue des Écoles, 58 (Sorbonne).

A MADAME HENRI DE CHASSEVAL

NÉE L. DE LOUVIGNY

Madame,

Permettez-moi de vous dédier ce petit ouvrage ; votre nom inscrit à sa première page lui portera bonheur.

C'est après un de ces entretiens avec vous sur l'éducation et sur l'instruction des enfants, — entretiens qui me sont toujours si profitables et où j'ai tant à gagner par vos aperçus ingénieux, par vos remarques fines et délicates, — que j'ai eu la pensée de présenter LES FLEURS *sous un point de vue nouveau. Vous m'avez encouragée dans mes projets, vous m'avez aidée de vos conseils, il est donc juste que je vous offre ici l'hommage de ma reconnaissance ainsi que l'assurance de mon respectueux attachement.*

C. JURANVILLE

PRÉFACE

Parmi les nombreux ouvrages qui traitent des emblèmes des fleurs, il n'en est pas un, croyons-nous, qui ait été destiné aux jeunes personnes et qu'une mère voulût mettre entre les mains de sa fille, une maîtresse entre les mains de ses élèves. Pourtant, ce sujet, quoique délicat, présente assez d'intérêt, je dirai même d'utilité, pour qu'on le fasse entrer dans le plan d'une éducation complète ; c'est le côté poétique et gracieux de la botanique auquel il est journellement fait allusion dans l'histoire, la mythologie, la poésie,

les lectures et la conversation, et qui, par cela même,
ne peut être ignoré entièrement.

Ce sont les Orientaux qui, les premiers, ont mis les
fleurs en action pour représenter des mots, des idées
ou des sentiments; c'est donc à leur imagination vive
et brillante que nous sommes redevables de ce qu'on
est convenu d'appeler *le langage des fleurs*.

> Les fleurs du doux plaisir sont l'emblème riant.
> Si j'en crois le récit des peuples d'Orient,
> Pour donner un langage à ses douleurs secrètes,
> Souvent plus d'un captif en fit ses interprètes,
> Et peignant par leur teinte ou l'espoir ou l'ennui,
> Les fleurs interrogeaient et répondaient pour lui.

Ce langage symbolique s'est accru successivement
à mesure qu'on trouvait, dans la nature des plantes,
des rapports avec nos affections morales, des analo-
gies entre elles et les sentiments qu'on voulait représenter. Et ici, nous devons faire remarquer que les
symboles et les significations donnés aux plantes
n'ont pas été pris au hasard; ils ont tous une raison
d'être plus ou moins ingénieuse, plus ou moins juste
et appréciable. Ces emblèmes sont tirés soit de la
structure des plantes, soit de leur forme, de leur aspect, de leurs qualités; ou encore des parfums de la

fleur, de sa couleur, des épisodes auxquels elle a été mêlée.

Mais, rappeler les souvenirs et les légendes qui sont attachés aux plantes, faire connaître l'origine de leur symbole, citer les vers qu'elles ont inspirés aux poètes, n'a pas été, nous devons l'avouer, le but principal que nous nous sommes proposé en publiant ce petit ouvrage ; nous en avions un plus élevé et plus utile : nous avons transformé les fleurs en *moralistes ;* nous avons voulu que sous leur aimable et gracieux patronage les pensées, les maximes et les préceptes dus au génie des plus grands écrivains et se rapportant à la vertu ou au vice dont chaque plante est l'emblème, viennent se placer tour à tour sous les yeux de nos lectrices, — et qu'ainsi, en feuilletant ces pages, elles trouvent toujours à côté de l'anecdote qui amuse ou fait sourire, du fait qui intéresse l'esprit, un conseil salutaire, une sage réflexion, une pensée morale qui élève l'âme, émeut et touche le cœur.

Un dernier mot.

Avant de livrer ce travail à l'impression, nous avons voulu le soumettre à l'approbation de quelques hommes dont le talent et les lumières pussent offrir une

sérieuse garantie à nos lectrices. Le savant et pieux
bibliothécaire, M. Trébutien, l'heureux éditeur des
œuvres d'Eugénie de Guérin, a bien voulu lire le
manuscrit et nous envoyer sa flatteuse appréciation.
De plus, un homme distingué, un auteur dont la modestie égale le savoir, nous a adressé la lettre suivante
que nous sommes heureuse et fière de reproduire en
tête de ce volume :

« Mademoiselle,

« Vous désirez connaître mon avis sur l'ouvrage
que vous allez publier : *La Voix des Fleurs*. Bien que
mon opinion ait peu de poids et soit en réalité de nulle
valeur, je cède cependant à votre désir.

« La fleur tient dans la création une grande et belle
place ; Dieu l'a faite avec amour, elle est un rayonnement de sa gloire en même temps qu'une manifesta-
tion des plus délicates de sa bonté. Elle a été donnée à
l'homme pour embellir son séjour et certes elle atteint
admirablement ce but. Nul n'est insensible à ses charmes, et l'être le plus indifférent, dès qu'il l'aperçoit,
fût-elle la plus humble et la plus petite entre toutes,

s'arrête pour l'admirer et murmure tout bas : Oh!
qu'elle est belle !

« Non contente de plaire aux yeux, la fleur est encore un plaisir pour l'odorat : de quelles suaves senteurs elle remplit l'air, surtout par une belle matinée
de printemps, lorsque, toute baignée de rosée, elle ouvre
sa corolle, et à sa manière bénit son auteur en lui
offrant ses parfums. Eh bien ! pourrait-on croire que
la fleur, cette personnification de tout ce qu'il y a de
pur, de noble, de beau sur la terre, qui ne réveille en
nous que les idées les plus riantes, les plus gracieuses, n'a pas échappé, elle aussi.... comment dirai-je ?
aux insultes de l'homme. Oui, quelques écrivains
n'ont pas craint de lui donner des significations qu'elle
ne peut accepter, de lui prêter un langage qu'elle ne
peut avoir ; c'est là, à mon avis, un manque de tact,
une légèreté , presque une profanation, et si la fleur
n'était aussi bonne qu'elle est belle, elle se vengerait
d'eux cruellement. Vous, Mademoiselle , vous n'avez
à attendre d'elle que témoignage de reconnaissance et
d'affection ; aussi, le printemps venu, sans perdre un
jour, allez où les fleurs abondent et elles vous récom-
penseront, je vous l'assure, de l'amour si délicat que
vous leur portez et que révèle votre ouvrage.

« Il y a quelques années, voyant deux toutes petites filles (l'aînée n'avait pas cinq ans) en un grave entretien, je m'approchai pour jouir de leur babil. Toutes deux avaient à la main des fleurs sur lesquelles était concentré leur regard. La *moins* grande disait à la *moins* petite : tu t'étonnes que les fleurs n'aient pas pour toi de parfum, il n'y a rien d'extraordinaire à cela, tu leur fais mal, elles ne t'aiment pas, tandis que pour moi qui ne les blesse pas, mais qui les soigne, qui les caresse, qui les garantis de l'ardeur du soleil, qui leur donne à boire quand elles ont soif, elles ont *tout plein, tout plein* de parfum ; oui, oui, faisait-elle en les approchant et aspirant avec force : *tout plein !* Même chose vous arrivera, Mademoiselle, vous pourrez toucher toutes les fleurs, et aucune, pas même la sensitive, ne frissonnera, si peu que ce soit, à votre contact ; vous les approcherez et aspirerez, et comme pour leur petite protectrice dont je viens de parler, elles auront pour vous *tout plein, tout plein* d'ineffables senteurs.

« Ma lettre est déjà bien longue et je n'ai pas dit un mot encore de l'exécution de votre travail ; pardonnez : être vieux et bavard c'est tout un, disait il y a longtemps Homère en parlant de Nestor. Sous le bouclier d'Homère, qui a fait une si magnifique description du bouclier d'Achille, je vais continuer ma causerie.

« Donc, l'exécution a mon approbation complète : vos détails sur l'origine des emblèmes donnés aux plantes sont fort intéressants, et les légendes qui s'y rapportent feront les délices de vos lecteurs. Les *pensées* que vous attachez aux fleurs leur conviennent admirablement, elles sont toutes de la morale la plus pure et la plus pratique, ce qui n'est pas peu dire. A ce sujet, laissez-moi vous citer cette réflexion de Bayle que je lisais il y a quelques jours : « Il n'y a pas moins d'invention à bien appliquer une pensée que l'on trouve dans un livre, qu'à être le premier auteur de cette pensée. On a ouï dire au cardinal Duperron que l'application heureuse d'un vers de Virgile était digne d'un talent. » Les auteurs qui vous ont fourni ces pensées, tous éminents par le talent, ne le sont pas également, hélas ! par la *doctrine*, mais encore, sauf meilleur avis, oserai-je croire qu'il est bon d'emprunter à ces astres les rayons de lumière qu'ils ont donnés. La vérité tire parti de tous ces témoignages, comme un bouquet tire sa beauté du mélange de toutes les fleurs. Une pensée juste, profonde, exprimée avec grâce, a sur nous un pouvoir étrange. Lorsque, par hasard, nous la rencontrons dans notre lecture, aussitôt nous fermons le livre, nous nous arrêtons pour la mieux goûter, la savourer à notre aise, nous la faisons nôtre, nous nous l'approprions, et pour peu qu'elle réponde à une disposition actuelle ou de notre esprit ou de notre cœur, elle nous fait éprouver les jouissances les plus délicieuses. Votre ouvrage est parsemé de ces joyaux inestimables que j'appellerai volontiers les *fleurs de l'intelligence,* fleurs précieuses qui donnent un nouveau charme à *celles* dont vous interprétez si bien le doux langage.

« Je termine, Mademoiselle, en vous remerciant sincèrement de m'avoir admis, un des premiers, à respirer votre charmant bouquet. »

LA
VOIX DES FLEURS

ABSINTHE. — ABSENCE.

L'absinthe est l'une des plantes les plus amères ;
on en fait le symbole de l'absence ;

> Car de tous les maux de la vie
> L'absence est le plus douloureux.

Les *adieux*, la *séparation*, *l'absence !* Quels tristes mots et
combien ils retentissent douloureusement au cœur de l'homme !
Que de fois, au moment d'un départ, 'sentant notre âme se
briser sous le poids de la douleur, n'avons-nous pas tourné
nos yeux pleins de larmes vers le ciel et n'avons-nous pas
dit dans notre désespoir : Pourquoi, mon Dieu, mettre nos
cœurs à une si rude épreuve ? pourquoi permettez-vous que
ceux qui s'aiment puissent jamais se séparer ! Pourquoi ?...
Ah ! Dieu a voulu qu'il en soit ainsi, afin de nous détacher de
la terre qui ne doit être pour nous qu'un lieu de passage, et
afin, aussi, de nous préparer à cette grande et inévitable séparation qui s'appelle la mort.

*
* *

> Mot que l'éternité doit effacer un jour,
> *Adieu !...* Je t'ai souvent prononcé dans ma vie,
> Sans comprendre, en quittant les êtres que j'aimais,

Ce que tu contenais de tristesse et de lie
Quand l'homme dit : Retour ! et que Dieu dit : Jamais !
LAMARTINE.

Lorsque, en prenant congé d'un ami, l'homme créa pour la première fois le mot *Adieu*, n'a-t-il pas voulu dire à la personne aimée : Je ne suis plus là pour veiller sur toi, mais je e recommande *à Dieu* qui veille sur tous.
A. DESCHAMPS.

Adieux d'un père à sa fille.

Aime celui qui t'aime, et sois heureuse en lui.
Adieu, sois son trésor, ô toi qui fus le nôtre !
Va, mon enfant chéri, d'une famille à l'autre ;
Emporte le bonheur, et laisse-nous l'ennui.
Ici l'on te retient, là-bas on te désire.
Fille, épouse, ange, enfant, fais ton double devoir :
Donne-nous un regret, donne-leur un espoir :
Sors avec une larme, entre avec un sourire.
V. HUGO.

ACACIA ROSE. — ÉLÉGANCE.

Quoi de plus gracieux, de plus élégant qu'un acacia rose en fleurs !

Il ne faut pas décrier les beaux dehors, car ils offrent les appaences naturelles des belles réalités ; on ne doit censurer que e qui les dément.

La *grâce* entoure l'élégance et la revêt.

La *grâce* est le vêtement naturel de la beauté.
JOUBERT.

ACANTHE. — ARTS.

Une jeune fille de Corinthe mourut quelques jours
avant un mariage qui lui promettait le bonheur. Sa
nourrice, par un sentiment de pitié bien naturel, alla
déposer sur un pied d'acanthe, placé près de sa tombe,
une corbeille recouverte d'une large tuile, contenant
les fleurs et le voile qui auraient dû la parer le jour
de ses noces. Au printemps suivant, les feuilles d'a-
canthe entourèrent la corbeille, et rencontrant les
bords de la tuile elles se recourbèrent et s'arrondirent
vers leur extrémité. Cet arrangement produisit un effet si gracieux que l'architecte Callimaque, qui vint à
passer en cet endroit, en fut frappé, et établit d'après
ce modèle les proportions et les règles du chapiteau
de la colonne Corinthienne, qui, depuis, a toujours
été imité dans les *arts*.

*
* *

J'ai vu la colonnade du Louvre! j'ai vu le palais de Versailles,
et trois ou quatre autres palais dans d'autres pays où le hasard, l'ennui des lieux que je quittais, plus que le désir de
ceux que j'allais voir m'ont conduit. Je déclare ici que je n'ai
rien vu d'aussi beau, d'aussi riche qu'une petite maison habi-
tée par de pauvres bûcherons, que je vois de loin, au travers
des arbres et par-dessus le mur de mon jardin.

Sur le devant sont quatre magnifiques colonnes, quatre
grands hêtres, dont l'écorce est aussi unie que le marbre; leur
chapiteau vivant est formé de branches et de feuilles qui abri-
tent du soleil et offrent à l'œil des couleurs aussi riches et plus
variées que celles de l'émeraude. Des oiseaux y ont établi leur
nid et y chantent leur chanson; les fauvettes sont les musiciens
ordinaires du pauvre; ils lui chantent sur un beau théâtre, au
milieu de splendides décors, par un magnifique soleil levant,
une musique toujours fraîche, toujours jeune et qui semble
tomber du ciel; rien de triste ne se mêle à leurs chants.

Certes, si les colonnes de pierre et de marbre ne coûtaient pas
fort cher, avouez qu'elles seraient loin d'avoir la beauté de ces
colonnes qui vivent et qui chantent, dont le chapiteau change
de couleur trois ou quatre fois chaque année, et qui laissent
tomber des sons mélodieux. L'architecture, dans sa plus grande
magnificence, a inventé le *chapiteau corinthien*, qui n'est que
l'imitation parfaite de cinq ou six feuilles d'acanthe. D'où vient
qu'on paye si cher l'imitation de ce qui ne coûte rien?

A. KARR.

*
* *

Loin de reléguer les *arts* dans la classe des superfluités uti-
les, il faut les mettre au nombre des biens les plus précieux et
les plus importants de la société humaine. Sans les arts, il ne
serait pas possible aux esprits sublimes de nous faire connaître
la plupart de leurs conceptions. Sans eux, l'homme le plus parfait et le plus juste ne pourrait éprouver qu'une partie des plaisirs dont son excellence le rend susceptible, et du bonheur que
lui destinait la nature. Il est des émotions tellement délicates
et des objets si ravissants, qu'on ne saurait les exprimer qu'a-
vec des couleurs ou des sons On doit regarder les arts comme
une sorte de langue à part, comme un moyen unique de communication entre les habitants d'une sphère supérieure et nous.

JOUBERT.

*
* *

Les plus nobles aspirations de l'intelligence en même temps
que les plus secrets sentiments du cœur ne trouvent souvent
pas de mots pour s'exprimer ; mais quelques sons qui font vi-
brer une harpe, quelques coups de pinceau sur une toile, une
veine de marbre mise en relief par le ciseau du sculpteur, vont
relever par une communication mystérieuse et transmettre
même à la dernière postérité tout ce fond intime de l'âme.

Quand la langue est muette ou bégaye, la musique, la pein-
ture, *l'art*, en un mot, sait parler. L'art a une propriété merveilleuse de reproduire à la fois, par des secrets qui lui sont
propres, ce qu'il y a de plus durable et ce qu'il y a de plus pas-
sager dans nos impressions, et ces sensations vagues qui échap-
pent à toute parole précise, et cet idéal supérieur à toute réalité qu'aucune expression ne peut égaler. Ce qui est trop fugitif
pour être saisi ou trop sublime pour être atteint par le langage,

est du ressort de l'art ; c'est un miroir qui reflète et la vapeur qui fuit à l'horizon devant les regards, et le soleil qui les éblouit.

A. DE BROGLIE.

❧❧❧❧❧❧❧❧❧❧❧

ACHILLÉE MILLE-FEUILLE. — GUERRE.

Cette plante portant le nom d'un des héros qui se signalèrent au siège de Troie, doit tout naturellement être l'emblème de la guerre.

Achille avait appris l'art de guérir du centaure Chiron, et on prétend que ce fut avec la plante dont nous nous occupons qu'il cicatrisa la blessure qu'il avait faite à Télèphe, dans les plaines du Caïque.

Heureux qui, comme le vainqueur d'Hector, peut guérir d'une main les blessures qu'il a faites de l'autre !

*
* *

La *guerre* ! la *guerre* ! Les tambours battent, les clairons sonnent, l'artillerie fait retentir son tonnerre, le sol s'ébranle sous le galop des escadrons ! Tout se perd dans un nuage de poussière et de fumée ! Plus rien que des cris confus, des étincellements de glaives, des drapeaux qui s'agitent, une mêlée convulsive qui roule en laissant après elle une longue traînée de sang.

Mais enfin le bruit s'affaiblit, le nuage s'entr'ouvre, les vainqueurs reparaissent avec les étendards conquis, les canons captifs, la foule humiliée et sans armes qui va expier comme un crime le hasard d'une défaite.

Que les villes préparent des fleurs pour des arcs de triomphe ! Allumez les cierges aux autels afin de remercier Dieu ! Que les poètes élèvent la voix à la louange des victorieux.

Mais regardez là-bas, du côté des vaincus, que voyez-vous ? Au lieu d'arcs de triomphe, de longues fosses béantes où l'on range silencieusement des cadavres ; au lieu d'hymnes de remer-

cîment, un chœur immense de sanglots : au lieu de récompen-
ses, de la honte ; au lieu de louanges, les accusations de la défiance.

C'est que la guerre a, comme le vieux Janus, deux visages,
l'un étincelant de joie, l'autre pâle d'abattement ; et chacun de
ces deux visages regarde alternativement les nations, car nul
n'a connu les succès sans les revers, la gloire sans l'humiliation.

*
* *

La guerre est un mot qui m'a toujours fait frémir et je pourrais dire avec le poète :

> Moi, je vous l'avouerai, je forme des souhaits
> Pour que ce beau métier ne s'exerce jamais,
> Et qu'enfin l'équité fasse régner sur terre
> L'impraticable paix de l'abbé de Saint-Pierre.

Pourtant, je veux prêcher la *guerre* à mes lectrices ! et je
leur dirai avec Pythagore : Faites la guerre à trois choses : aux
maladies du corps, à l'ignorance de l'esprit et aux passions du
cœur.

ADONIDE. — DOULOUREUX SOUVENIRS.

Un jour qu'Adonis chassait dans les forêts du Li-
ban, il fut mortellement blessé par un sanglier. De son
sang naquit l'adonide, espèce d'anémone.

*
* *

> La terre, avec douleur, boit les flots réunis
> Des larmes de Vénus et du sang d'Adonis ;
> D'une rose soudain la terre se couronne,
> Et près d'elle s'élève une pâle Anémone.

AGRIMOINE. — RECONNAISSANCE.

On soupçonne, dit Mme de Chasteney, que le nom d'agrimoine a été donné à cette plante par la ressemblance de ses calices dépouillés de fleurs avec les petites clochettes des ermites. Pour moi, je pense que la reconnaissance a fait donner le nom de religieuse des champs à cette fleur jolie, salutaire et bienfaisante, en l'honneur de quelque bonne, douce et complaisante hospitalière.

La *reconnaissance* est la mémoire du cœur.

MASSIEU, sourd-muet.

La *reconnaissance* est pareille à cette liqueur d'Orient qui ne se conserve que dans des vases d'or : elle parfume les grandes âmes et s'aigrit dans les petites.

J. SANDEAU.

ALISIER. — ACCORDS.

Avec le bois de l'alisier on fabrique des instruments de musique ; voilà pourquoi cette plante signifie : *accords*. Mon Dieu, que ne plante-t-on de ces arbres dans le jardin des rois !

ALOÈS. — DOULEUR, AMERTUME.

Le suc amer de l'aloès succotrin en a fait le symbole de la douleur et de l'amertume.

A la douleur.

Toi qui courbes en silence ta tête et ta noire chevelure entre-mêlée d'épines, toi qui es semblable à la fleur inclinée sur sa tige, pâle et morne sœur de l'ange de la joie !

Viens-tu aussi du ciel ? Descends-tu du firmament comme la pluie, l'orage et le tonnerre ? Es-tu envoyée par le Dieu du bonheur comme le nuage qui dérobe à la terre la splendeur du soleil ?

Ne nous apportes-tu aucune consolation dans les plis de ton voile sombre, aucun sourire dans tes larmes ? Ne peux-tu agiter mon sein que par des soupirs ? Ne peux-tu toucher le cœur qu'en le blessant ?

Soit ; tu me fortifies en me faisant fléchir. Mes larmes coulent, je te crains et cependant je t'aime, ô triste compagne de mon âme !

Oui je t'aime comme j'aime les ombres de la nuit. Sous les nuages qui t'environnent, j'entrevois les lueurs de la joie, les rayons de l'espérance.

Viens quand tu voudras, fille du ciel ; quoique mon cœur tremble, tu ne le briseras pas. De l'obscurité que tu répands autour de moi, mes yeux s'élèvent vers la lumière qu'appelle mon désir.

BLICHER (DANOIS).

C'est dans l'adversité que chacun de nous apprend à connaître ce qu'il est réellement. Celui qui n'a pas été éprouvé, que sait-il ? L'homme à qui tout prospère est exposé à un grand danger ; il est bien à craindre que son âme ne s'assoupisse d'un sommeil pesant et qu'à l'heure du réveil on ne lui dise : Souvenez-vous que vous avez reçu vos biens sur la terre.

LAMENNAIS.

La *douleur* est la plus redoutable épreuve de la vertu. Plus nos maux sont grands, plus on doit avoir d'attention à n'en pas perdre le mérite et à ne pas l'aigrir par l'impatience et le murmure.

DUGUET.

* * * * * * * * * * *

AMANDIER. — ÉTOURDERIE.

Quel est l'arbre qui répond au premier appel du printemps et qui, le premier, réjouit nos regards par sa belle parure blanche?

C'est le fol amandier. On dirait qu'il est impatient de paraître, de briller, d'étaler ses charmantes fleurs lorsque tous les autres arbres sont encore dépouillés de leurs feuilles. Aussi, qu'arrive-t-il souvent? Les gelées de mars détruisent le germe des fruits et alors... nous ne mangeons pas d'amandes.

Que de promesses s'évanouissent ainsi dans la vie, que d'illusions se détruisent, que de choses nous possédons seulement par nos rêves, nos désirs, nos espérances!

*
* *

De l'amandier, tige fleurie,
Symbole, hélas! de la beauté,
Comme toi, la fleur de la vie
Fleurit et tombe avant l'été.
Un jour tombe, un autre se lève;
Le printemps va s'évanouir;
Chaque fleur que le vent enlève
Nous dit : hâtez-vous d'en jouir.

LAMARTINE.

*
* *

Citons le souvenir mythologique qui se rapporte à cette plante :

Une tempête jeta Démophon, fils de Thésée, sur les côtes de Thrace, où régnait alors la belle Phillis. Peu de temps après, Démophon épousa la reine; puis, ayant appris la mort de son père, il partit pour Athènes, promettant de revenir à la fin du mois. Le jour qu'il avait fixé comme celui du retour étant arrivé, Phillis alla neuf fois sur le rivage au-devant de son époux; mais neuf fois son espoir fut trompé. Alors, son désespoir fut si grand, qu'elle en mourut de douleur et fut changée en amandier.

*
* *

Les *étourdis* sont sujets à donner du chagrin à tout ce qui les entoure.

Mme DE PUISIEUX.

*
* *

On ne saurait s'éloigner trop tôt ni trop loin d'un *étourdi*.

AMYOT.

AMARANTE. — IMMORTALITÉ.

Le mot amarante signifie : sans dépérissement, qui ne se flétrit point. Cette fleur doit donc son symbole à la durée de ses fleurs, qui conservent longtemps leur éclat; c'est le dernier présent de l'automne.

Je t'aperçois belle et noble *amarante!*
Tu viens m'offrir, pour calmer mes douleurs,
De ton velours la richesse éclatante :
Ainsi la main de l'amitié constante,
Quand tout nous fuit, vient essuyer nos pleurs.

DUBOS.

Dans les jeux floraux de Toulouse, l'*amarante* d'or est décernée à l'auteur de la plus belle ode. Christine, reine de Suède, créa, en 1653, l'ordre des chevaliers de l'amarante. Ce fut à l'occasion d'un bal où elle avait figuré déguisée en nymphe, sous le nom d'*Amarante*.

*
* *

Tout change sans périr, mon âme est *immortelle*,
Elle survit entière au corps décomposé :
J'en ressens le désir. Dieu m'eût-il abusé?
Pour sitôt la détruire, eût-il tant fait pour elle?

*
* *

Dieu n'aurait-il fait la vie humaine que pour en contempler le cours, en considérer les cascades, le jeu et les variétés, ou pour se donner le spectacle de mains toujours en mouvement, qui se transmettent un flambeau? Non, Dieu ne fait rien que pour l'éternité. Notre *immortalité* nous est révélée d'une révélation innée et infuse dans notre esprit. Dieu lui-même, en le créant, y dépose cette parole, y grave cette vérité, dont les traits et le son demeurent indestructibles. Mais, en ceci, Dieu nous parle tout bas et nous illumine en secret. Il faut pour l'entendre, du silence intérieur; il faut pour apercevoir sa lumière, fermer nos sens et ne regarder que dans nous.

JOUBERT.

AMARYLLIS. — FIERTÉ.

Les amaryllis sont des plantes fort jolies; leur nom signifie : je brille.

*
* *

Mademoiselle, disait un jour la comtesse de Boufflers à une demoiselle de compagnie qu'elle se plaisait à tourmenter, vous êtes bien orgueilleuse. — Vous vous trompez, Madame, je ne suis que fière. — Quelle différence faites-vous donc entre les deux ? — L'orgueil est offensif et la *fierté* est défensive.

La *fierté* du cœur est l'attribut des honnêtes gens, la fierté des manières est celle des sots, la fierté de la naissance et du rang est souvent la fierté des dupes.

DUCLOS.

La *fierté* prend sa source dans la médiocrité, ou n'est plus qu'une ruse qui la cache.

MASSILLON.

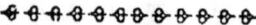

ANANAS. — PERFECTION.

Il ne faut qu'avoir mangé une fois de ce fruit délicieux pour comprendre son emblème.

La *perfection* est le but de la nature humaine et de la société humaine ; le perfectionnement est la loi de leur existence, mais l'imperfection en est la condition.

GUIZOT.

Il faut tendre à la *perfection* sans jamais y prétendre.

MALEBRANCHE.

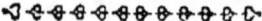

ANCOLIE. — FOLIE, TRISTESSE.

L'ancolie, qu'on appelle aussi aiglantine, colombine et gants de Notre-Dame (les cinq éperons de la corolle simulent en quelque sorte les doigts d'un gant), fait l'ornement de nos jardins par la beauté de ses fleurs bleues, rouges, violettes ou blanches, selon les variétés, par son feuillage bien découpé, d'un vert d'abord tendre, puis foncé.

On a donné à cette plante un bien vilain emblème... la folie, — et cela, parce qu'on a trouvé que ses fleurs, par leur forme, avaient quelque ressemblance avec les hochets ou la marotte de la folie. Mais ajoutons bien vite, que les poètes, le plus ordinairement, ne prennent l'ancolie que comme symbole de la tristesse.

*
* *

Un enfant cruel, autrefois,
Errant sur la verte bruyère,
Perça de sa flèche légère
Un jeune cerf sorti du bois.
Le faon, blessé, vers son repaire
Tourne alors ses pas affaiblis,
Et vient mourir dans un taillis,
Tout épuisé, près de sa mère.

L'enfant dans sa joie inquiète,
Pénétrant sous les verts abris,
Guidé par les gazons rougis,
Trouva la biche en sa retraite.
Le cruel lui perçant le flanc,
Unit, par un trépas sanglant,
Le faon et sa mère chérie.

Une bonne fée, attendrie,
Fit éclore au bois verdoyant.

Dans l'herbe encor teinte du sang
Par qui la mère fut trahie,
La fleur triste de l'Ancolie.

. . . .

J'aime à revoir de l'Ancolie,
Au mois de juin, la fleur jolie,
Dans l'éclairci du bois épais,
Quand sa clochette tremble et plic
Au souffle de l'air, et marie
Son bleu sombre au feuillage frais.

FLORENT RICHOMME.

ANGÉLIQUE. — INSPIRATION.

Pour les Lapons cette plante est très précieuse : ils regardent sa racine comme un préservatif dans un grand nombre de maladies ; ils la mâchent, sèche, en guise de tabac ; ils mangent la tige crue et la trouvent délicieuse ; de plus, il paraîtrait que quand les poètes de ce pays se couronnent d'angélique, ils ont de magnifiques inspirations. Avis aux Bardes français.

Ajoutons que la racine de cette plante fournit en France, à défaut d'inspirations, une agréable liqueur, et que les confiseurs préparent avec sa tige d'excellents bonbons.

ARMOISE ET FLEURS DE PÊCHER — BONHEUR.

Il y a quelque vingt ans, les devins et les sorciers jouaient un grand rôle dans les campagnes. Perdait-on

des bestiaux, arrivait-il plusieurs malheurs dans la
même famille, nul doute, c'était un sort. Aussi la mère,
pour préserver ses enfants du maléfice, pour leur porter *bonheur*, avait-elle grand soin de leur tresser des
couronnes d'armoise, et d'en introduire quelques branches dans leurs vêtements. Aujourd'hui, dans le siècle
des lumières, on ne croit plus guère aux sorciers ; mais
il y a peu d'années, n'a-t-on pas vu plus d'une spirituelle jeune femme, plus d'un homme grave et instruit,
pâlir devant une table tournante, ou se troubler aux
coups d'un esprit soi-disant frappeur? Dernièrement
encore, la célèbre armoire des frères Davenport n'a-t-
elle pas troublé plus d'une cervelle ! Il est donc vrai
de dire que chaque temps a ses faiblesses et qu'elles ne
font que changer de nom.

La fleur du pêcher est regardée aussi comme l'emblème du bonheur. Rien n'est joli comme cette fleur ;
mais hâtez-vous d'en jouir, car, hélas ! elle dure à peine
ce que durent les roses..... l'espace d'un matin ; pour
peu qu'on l'effleure du bout des doigts, elle se détache
et tombe à terre.... Cette fleur devait donc être le symbole de cette chose éphémère et insaisissable après laquelle nous courons tous : le *bonheur!*

. . . . . . Le *bonheur* c'est la boule
Que cet enfant poursuit tout le temps qu'elle roule
Et que, dès qu'elle arrête, il repousse du pied.

Il en est du *bonheur* comme des montres : les moins compli-
quées sont celles qui se dérangent le moins.

Chamfort.

Dieu n'a pas voulu que l'homme pût rencontrer le *bonheur* sur la terre ; il n'en a donné que le besoin.

ALIBERT.

On ne fait son *bonheur* qu'en s'occupant de celui des autres.

B. DE SAINT-PIERRE.

Il ne faut à l'homme, pour être *heureux*, ni richesses, ni dignités : le strict nécessaire suffit à la joie du corps, la culture désintéressée des lettres à la joie de l'esprit, l'accomplissement du devoir à la joie de la conscience, l'amour de Dieu et des hommes à la joie surabondante de l'âme tout entière.

LACORDAIRE.

Il n'y a pas de route plus sûre pour aller au *bonheur* que celle de la vertu. Si l'on y parvient, il est plus pur, plus solide et plus doux par elle ; si on le manque, elle seule peut en dédommager.

J. J. ROUSSEAU.

Le *bonheur* des grands, des riches, des heureux du siècle, ressemble de loin à ces palais magiques que l'on croit découvrir à l'horizon des mers qui baignent les rivages de Naples ; approchez, que trouvez-vous ? des vapeurs stagnantes et des nuages chargés de tempêtes.

LAMENNAIS.

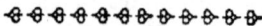

ARRÊTE-BŒUF OU BUGRANE. — OBSTACLE.

Quelquefois le laboureur, en traçant son sillon, est arrêté tout à coup par les racines fortes et profondes de cette plante. Pour vaincre l'obstacle, il est obligé de ranimer le courage de ses chevaux, et souvent, ce n'est pas sans peine que l'attelage peut continuer sa marche.

Que de fois, nous aussi, dans le sillon que nous traçons si péniblement et qu'on appelle la vie, ne rencontrons-nous pas des obstacles imprévus! Oh! alors, ranimons notre courage et demandons à *Celui* qui peut tout, la force qui nous est nécessaire. N'oublions point qu'il ne dépend pas de nous d'affranchir notre vie de toute souffrance ; mais qu'il dépend de nous de relever notre cœur de tout abattement.

⟞⟞⟞⟞⟞⟞⟞⟞⟞⟞⟞

AUBÉPINE. — ESPÉRANCE.

A l'aspect de cet arbrisseau en fleurs, le cœur se remplit de joie et d'une douce espérance. En effet, la fleur de l'aubépine, c'est l'adieu au triste hiver, c'est le printemps, ce sont les beaux jours !

Les femmes Romaines attachaient souvent des branches d'aubépine près du berceau de leur nouveau-né, et les jeunes Athéniennes en portaient des rameaux aux noces de leurs compagnes. De nos jours, l'aubépine est consacrée à Marie, la reine du ciel, et les jeunes filles en ornent ses autels dans le beau mois qui porte son nom.

La légende de l'aubépine.

Autrefois, l'aubépine n'avait pas de fleurs. Les Juifs ayant coupé une branche de cet arbuste pour en tresser la couronne d'épines du divin sauveur, des larmes de douleur s'échappèrent du rameau.

Cette vue toucha le cœur du fils de Dieu mourant, et il changea ces larmes en fleurs blanches comme la neige.

Depuis lors, tous les ans, à l'époque de la semaine sainte, l'aubépine se pare de blancs flocons.

Espère, enfant ! demain ! et puis demain encore.
Et puis toujours demain ! croyons dans l'avenir.
Espère ! et chaque fois que se lève l'aurore,
Soyons là pour prier, comme Dieu pour bénir !

V. Hugo.

Il est dans le ciel une puissance divine, compagne assidue de la religion et de la vertu ; elle nous aide à supporter la vie, s'embarque avec nous pour nous montrer le port dans les tempêtes, également douce et secourable aux voyageurs célèbres, aux passagers inconnus. Quoique ses yeux soient couverts d'un bandeau, ses regards pénètrent l'avenir ; quelquefois elle tient des fleurs naissantes dans sa main, quelquefois une coupe pleine d'une liqueur enchanteresse ; rien n'approche du charme de sa voix, de la grâce de son sourire ; plus on avance vers le tombeau, plus elle se montre pure et brillante aux mortels consolés ; la foi et la charité lui disent : « Ma sœur ! » et elle se nomme *l'espérance.*

Chateaubriand.

BAGUENAUDIER. — AMUSEMENT FRIVOLE.

Les fruits du baguenaudier sont des gousses d'un vert rougeâtre remplies d'air ; elles éclatent avec bruit lorsqu'on les presse entre les doigts.

Je ne connais pas d'enfants, petits ou grands, qui puissent passer à côté de baguenaudes, sans être tenté de leur faire faire explosion. Cet amusement a pour lui le bon côté d'être parfaitement innocent.

On entend par *baguenauder* s'amuser à des riens, à des choses frivoles, à des choses vides comme des baguenaudes

BADIANE. — EXACTITUDE.

Voici ce que disent les botanistes sur cette plante, et ce qui vous expliquera son emblème :

La badiane est un arbrisseau de Chine ; les veilleurs publics se servent de son écorce pulvérisée comme d'un chronomètre : ils en remplissent des rigoles creusées dans la cendre, et y mettent le feu ; cette poudre se consume lentement, la combustion emploie un temps égal pour parcourir un espace déterminé ; c'est sur cet espace que se règlent les veilleurs pour annoncer l'heure au peuple, en frappant sur des timbres.

* *

Louis XIV mettait rigoureusement en pratique ce mot si connu d'un de ses successeurs, Louis XVIII : « *L'exactitude* est la politesse des rois.* » Rarement, en effet, ce prince manqua d'être exact au rendez-vous qu'il assignait, mais s'il était exact, il exigeait qu'on fût empressé. Ses voitures, un jour, n'étant arrivées qu'à l'heure précise où il les avait demandées : « J'ai failli attendre, » dit-il, en regardant sa montre.

(*Fleurs historiques.*)

* *

Ne vous faites jamais attendre : celui qui attend songe à vos défauts.

BOILEAU.

* *

L'exactitude est compagne de l'ordre ; nul homme ne peut réussir s'il ne s'appuie sur ces deux bases.

❀❀❀❀❀❀❀❀❀❀❀

BALSAMINE. — IMPATIENCE.

Lorsque les graines de la balsamine sont mûres, si l'on vient à toucher la capsule qui les renferme, elle s'ouvre spontanément et les rejette au loin. C'est pour cette raison que cette plante est appelée quelquefois *noli me tangere*, c'est-à-dire : ne me touchez pas.

* *

Un savant philosophe a dit élégamment :
Dans tout ce que tu fais, hâte-toi lentement.

Lorsque vous avez besoin d'une aiguille, vous en approchez les doigts délicatement, avec une sage lenteur. Usez de la même précaution avec les ennuis inévitables de la vie : faites attention, gardez-vous d'une précipitation imprudente ; ne les prenez pas par la pointe.

BASILIC. — HAINE, PAUVRETÉ.

Le basilic est l'emblème de la pauvreté, parce que cette plante, à l'odeur pénétrante, originaire de l'Inde, ne se voit plus guère qu'à la fenêtre de l'artisan ou à celle de la pauvre mansarde. Les peintres ont représenté quelquefois la pauvreté sous les traits d'une femme couverte de haillons, ayant un pot de basilic à côté d'elle.

Les anciens croyaient que le regard du basilic d'Orient (animal fabuleux) faisait mourir ; de là cette expression : la haine a des yeux de basilic.

Plus notre *haine* est injuste, plus elle est opiniâtre.

SÉNÈQUE.

La *haine* fait tout blâmer dans les personnes qu'on hait, et noircit jusqu'aux vertus.

DUCLOS.

BELLE DE JOUR. — COQUETTERIE.

Cette jolie petite fleur ne s'épanouit qu'aux rayons du soleil. Chaque soir elle ferme sa corolle et semble se livrer au sommeil.

> Coquettes, c'est votre emblème,
> Le grand jour, le bruit vous plaît,
> Briller est votre art suprême ;
> Sans éclat le plaisir même
> Devient pour vous sans attrait.

**
* *

On n'aurait pas tant besoin des ornements du corps, si l'on n'avait auparavant laissé l'âme dépouillée des vertus qui sont ses ornements.

Saint Bernard.

BELLE DE NUIT. — TIMIDITÉ.

> Lorsque l'aube vient éveiller
> Les brillantes filles de Flore,
> Seule tu sembles sommeiller
> Et craindre l'éclat de l'aurore.
> Quand l'ombre efface leurs couleurs,
> Tu reprends alors ta parure,
> Et de l'absence de tes sœurs
> Tu viens consoler la nature.
> Sous le voile mystérieux
> De la craintive modestie,
> Tu veux échapper à nos yeux,
> Et tu n'en es que plus jolie.

**
* *

Il y a deux genres de *timidité* : celle qui n'est que la gauche-rie de la sottise ; après quelques pas dans le monde, elle fait souvent place à la fatuité et à l'impudence : l'autre, dont l'ex-périence et l'usage du monde ne sauraient guérir entièrement, est une sorte de pudeur produite par les sentiments les plus délicats.

H. MACKENSIE.

*
* *

La *timidité* est un défaut dont il est dangereux de reprendre les personnes qu'on en veut corriger.

LA ROCHEFOUCAULT.

BLÉ. — RICHESSE.

Le blé! c'est la vie des nations, c'est donc leur prin-cipale *richesse*. Sans le pain tous les trésors de la terre, tous les autres dons deviendraient inutiles. Aussi, les chrétiens ne manquent-ils pas de dire à Dieu tous les jours dans leurs prières : donnez-nous notre pain quotidien. Il n'y a guère que les tout petits enfants qui osent réclamer *autre chose avec;* témoin la fable suivante de M. de Ratisbonne.

« On ne s'arrête pas en disant sa prière ;
Voyons ! ne reste pas cette fois en arrière ;
Recommence avec moi le *Pater*, et dis bien :
Donne-nous !
    — Donne-nous....
            — Le pain quotidien.
— Le pain.....
        — Eh bien! encor! pourquoi donc cette pause?
Et pourquoi marmotter tout bas
De ces mots que je n'entends pas?
— Chère maman, voici la chose :

Je priais le bon Dieu, car le pain c'est bien sec,
De nous donner toujours un peu de beurre avec. »

Légende du bon laboureur.

Saint Joseph avec Marie s'en vont voyager tous deux.
Dans la ville où ils arrivent, personne n'a voulu les recevoir.
N'y a eu qu'une pauvre veuve qui les a logés dans une étable.
« Nous te remercions, Marguerite, de l'honneur que tu nous
as fait.
Jamais toi ni ta famille vous ne manquerez de rien. »
La vierge s'en est allée avec son enfant au bras.

Voici venir un laboureur qui va semer son blé.
« Où allez-vous, belle dame, qui portez un si bel enfant?
— Oh ! dites-moi, bon laboureur, voudriez-vous sauver mon
fils ?
— Mettez-le sous mon manteau, personne ne le découvrira.
— Eh bien ! va, bon laboureur, va moissonner ton blé ;
— Pas possible, belle dame, il n'est pas encore semé.
— Va chercher ta faucille, ton blé va mûrir. »
Ne s'est pas passé un quart-d'heure, le blé a fleuri et noué.
Ne s'est pas passé un quart-d'heure, il est à moissonner.
A la première javelle il y a cent boisseaux de blé.
A la seconde on ne peut les compter

Mais voici venir des cavaliers : ce sont des Juifs :
« Dis-nous, bon laboureur, toi qui moissonnes ton blé, n'as-tu
pas vu passer Marie, avec son enfant au bras ?
— Oui, elle a passé, comme je semais, comme je semais mon
blé.
— Alors, allons-nous-en, nous autres, car c'était l'an der-
nier. »
C'était l'an dernier. Vive le roi ! Alleluia !

LES FÊTES LÉGENDAIRES.

Henri IV, qui aimait beaucoup le seigneur d'Allonville, vint
un jour lui rendre visite à son château d'Oysonville, près Char
tres. Après le déjeuner, François d'Allonville ayant mené le roi
dans le parc, se plaisait à lui faire admirer les plantes rares dont

il avait décoré ses plates-bandes. Henri IV s'arrêtait surtout devant les diverses espèces de rosiers qui ornaient le parterre, et faisait compliment à son hôte sur la richesse de son jardin. Alors un laboureur du pays, nommé Cadot, le plus riche tenancier du seigneur d'Oysonville, se hasarda à dire au roi qu'il avait encore de bien plus belles fleurs et en grande quantité, et que si Sa Majesté voulait le suivre, il serait heureux de les lui montrer. Henri IV était bon prince, il consentit à accompagner le laboureur. Celui-ci le conduisit dans une pièce de blé en fleurs et, lui montrant les épis : « Sire, dit-il, voilà les plus belles fleurs que je connaisse. » — Tu as raison, mon ami, lui répondit Henri, ce sont aussi celles que je préfère. » Et, de retour à Paris, le roi envoya au laboureur quatre épis de blé en or que les descendants de Cadot ont conservés pendant longtemps.

BLUET. — CLARTÉ, LUMIÈRE.

Le bluet, cette jolie parure des blés et aussi des têtes blondes et enfantines, a servi longtemps à préparer une eau distillée qu'on employait en collyre pour diverses maladies des yeux. C'est cette propriété qui lui a valu son emblème, ou peut-être aussi sa couleur, image d'un ciel sans nuages.

Le bleu pur, dit A. Karr, est un privilège qu'à quelques exceptions près, la nature n'a accordé qu'aux fleurs des champs et des prairies. La nature est avare de bleu : le bleu est la couleur du ciel, elle ne la donne qu'aux pauvres, qu'elle aime avant tous les autres.

BOURRACHE. — BRUSQUERIE.

Si vous avez remarqué les feuilles aiguës et couvertes de poils de la bourrache, vous comprendrez très bien son emblème. Heureusement, cette plante rachète l'apparence peu agréable de ses feuilles par de vraies qualités : la tisane préparée avec ses feuilles et avec ses fleurs est excellente dans toutes les maladies inflammatoires.

BOUTON D'OR. — MÉDISANCE.

Ce joli bouton satiné,
Qui sourit comme l'innocence
Recèle un suc empoisonné,
Et souvent blesse l'imprudence.

Oui, cette plante contient un principe âcre et corrosif qui, appliqué sur la peau, détermine des brûlures assez vives. La médisance et la raillerie ont aussi un suc corrosif dont je souhaite que vous ne sentiez jamais les tristes effets.

*
* *

La *médisance* est une petitesse dans l'esprit, ou une noirceu dans le cœur : elle doit toujours sa naissance à la jalousie, à l'envie ou à quelque autre passion ; elle est la preuve de l'ignorance ou de la malice. Médire sans dessein, c'est bêtise ; médire avec réflexion c'est noirceur. Que le médisant choisisse, qu'il opte : il est insensé ou méchant.

DUCLOS.

Applaudir à la *médisance*, c'est médire soi-même de cœur et d'action.

Mme TARBÉ.

*
* *

Le *médisant* prélude au mal qu'il dira de vous par celui qu'il ous dit des autres.

BRUYÈRE. — SOLITUDE.

Emblème du repos et de la solitude
La bruyère fleurit dans les sentiers déserts,
Sur les monts élevés, loin de la multitude
Qui trouble des oiseaux les gracieux concerts.

Ah ! fuyons les rumeurs de la foule importune,
Retirons-nous souvent dans l'air pur des hauteurs,
Sachons nous écarter de la route commune :
Dieu, dans la solitude, aime à parler aux cœurs.

Mlle O. VIEUGUÉ.

*
* *

La *solitude* est mauvaise à celui qui n'y vit pas avec Dieu ; elle redouble les puissances de l'âme, en même temps qu'elle lui ôte tout objet pour s'exercer.

CHATEAUBRIAND.

*
* *

La *solitude* est favorable au recueillement, et ce n'est qu'à condition de se recueillir, c'est-à-dire de rentrer en soi-même, et de s'isoler de tous les objets, hormis un seul (Dieu), que l'homme est capable de déployer une certaine puissance de pensée et de volonté. Toute vie forte est une vie profonde. Tout ce qui nous dissipe nous affaiblit.

A. VINET.

BUGLOSE. — MENSONGE.

Autrefois, car aujourd'hui ne pourrait se dire sans honte pour notre sexe, on employait la racine de cette plante dans la préparation du fard, qui servait

A réparer des ans l'irréparable outrage (1).

Glissons vite sur ce sujet et disons avec le poète :

Rien n'est beau que le vrai, le vrai seul est aimable.

Le *mensonge* décèle une âme faible, un esprit sans ressources, un caractère vicieux.

BACON.

Le *mensonge* ne peut jamais être excusable, quelque fin et quelque motif que se propose celui qui ment.

FLÉCHIER.

BUIS. — FERMETÉ, STOÏCISME.

Le buis brave impunément les rigueurs du temps; ses feuilles sont toujours vertes, quelle que soit la sai-

(1) Les ruines d'une maison
Se peuvent réparer; que n'est cet avantage
Pour les ruines du visage !

LA FONTAINE.

son. Lisez la légende suivante et vous connaîtrez la cause de sa verdure éternelle :

« Au moment où Jésus-Christ expirait sur la croix pour le salut du monde, le buis sentit passer entre ses branches le dernier soupir qu'exhala la poitrine du fils de Dieu. A ce contact, l'arbuste frémit d'horreur : ses branches se replièrent sur elles-mêmes et se resserrèrent, ses feuilles prirent une teinte sombre et il murmura : Jésus est mort ! Désormais, en signe de deuil, j'habiterai les endroits incultes et solitaires, mes feuilles resteront sombres, et, comme symbole de douleur éternelle, mes rameaux toujours vivaces couvriront les tombeaux »

L'homme de sens et d'esprit est *ferme* ; le sot n'est qu'entêté.

Mᵐᵉ GUIBERT.

La vraie *fermeté* est douce, humble et tranquille. Toute fermeté âpre, hautaine et inquiète, est indigne de soutenir les œuvres de Dieu.

FÉNELON.

CACTUS SERPENTAIRE. — HORREUR.

Cette plante, dont les tiges ont quelque ressemblance avec le serpent, est l'emblème du sentiment qu'on éprouve invinciblement à la vue de cet animal.

❦❦❦❦❦❦❦❦❦❦❦

CERISIER. — BONNE ÉDUCATION.

Pour changer le fruit si peu agréable du merisier en cerises délicieuses, il faut tout simplement cultiver l'arbre. De même que pour changer un caractère vicieux, il suffit souvent d'une bonne et sage éducation.

On façonne les plantes par la culture, et les hommes par *l'éducation*.

J.-J. ROUSSEAU.

Développer dans chaque individu toute la perfection dont il est susceptible, voilà le but de *l'éducation*.

KANT.

Le cœur de l'enfant, sous un sage directeur, s'ouvre naturellement à la vertu comme le calice des fleurs aux rayons bienfaisants du soleil.

DE GÉRANDO.

**

Ce que la culture est à la terre, *l'éducation* l'est à l'âme. L'esprit qui n'a pas été cultivé de bonne heure, qui n'a pas reçu le germe de la vertu, ressemble à la vigne du paresseux. Livré aux penchants d'une volonté dépravée, il sera le jouet éternel de l'erreur et des passions.

**

Petite chanson du cerisier.

Au printemps, le bon Dieu dit : « Qu'on mette la table du petit ver ! » — Aussitôt le cerisier pousse feuilles sur feuilles, mille feuilles fraîches et vertes.

Le petit ver, qui dormait dans sa maison, s'éveille, s'étend, ouvre sa petite bouche et frotte ses yeux engourdis.

Puis il se met à ronger tranquillement les petites feuilles disant : « On ne s'en peut détacher. Qui donc m'a préparé un tel festin ? »

Alors le bon Dieu dit de nouveau : « Qu'on mette la table de la petite abeille ! » — Aussitôt le cerisier pousse fleurs sur fleurs, mille petites fleurs fraîches et blanches.

Et l'abeille matinale l'a vu dès l'aurore, et les premiers rayons du soleil l'y conduisent. « Allons boire mon café, se dit-elle ; il est versé dans une si précieuse porcelaine ! »

Que les tasses sont propres et belles ! Elle y trempe sa petite langue, et, tout en buvant, s'écrie : « La délicieuse boisson ! On n'y a pas épargné le sucre. »

L'été vient et le bon Dieu dit : « Qu'on mette la table du petit oiseau ! » Et le cerisier se couvre de mille fruits frais et vermeils.

« Ah ! ah ! s'écrie le petit oiseau, voilà qui tombe bien ; j'ai bon appétit : cela donnera de nouvelles forces à mes ailes et à ma voix, et je pourrai entonner une nouvelle chanson. »

A l'automne, le bon Dieu dit : « Enlevez la table, tous sont rassasiés. » — Et le vent froid des montagnes se met à souffler et fait grelotter l'arbre.

Les feuilles deviennent jaunes et rouges et tombent une à une; et le vent, qui les a jetées à terre, les enlève de nouveau et les fait voltiger dans l'air.

Voici enfin venir l'hiver, et le bon Dieu dit : « Recouvrez-moi ce qui reste ! » — Et les tourbillons de vent amènent les flocons de neige, et toute la nature se repose dans le sommeil.

HEBEL.

CHAMPIGNON. — DÉFIANCE, SOUPÇON.

N'est-ce pas toujours avec crainte qu'on mange de ce perfide cryptogame? Et après les accidents nombreux qui arrivent chaque année, après les victimes qu'il fait tous les jours, n'est-on pas en droit de le soupçonner, de s'en défier et de le craindre !

Un chasseur et son fils parcouraient un bois : entre eux coulait un ruisseau profond. Le fils voulut rejoindre son père, et comme le ruisseau était trop large pour qu'il pût sans aide le franchir, il coupa la branche d'un arbre et appuya l'un des bouts dans le lit de cailloux et s'enleva sur l'autre avec un vigoureux élan. Mais la branche était de sureau, elle se brisa sous le poids de l'enfant qui disparut dans les eaux.

Un berger avait tout vu de loin; il jeta un cri et accourut épouvanté. Quand il arriva, l'enfant avait reparu, et reprenant haleine, il regagnait en riant et à la nage la rive où l'attendait son père.

Le berger dit au chasseur :

— Tu as bien instruit ton fils; mais parmi les choses qu'il fallait lui apprendre tu en as oublié une : c'est de sonder l'intérieur avant d'avoir confiance; s'il eût examiné la moelle du sureau, il ne se fût point fié à son écorce trompeuse.— Ami, répondit le chasseur, j'ai aiguisé sa vue et exercé sa force: c'est assez pour que je le confie sans crainte aux leçons de l'expérience : les hommes lui apprendront assez tôt à se *défier*.

KRUMMACHER.

*
* *

Ne se *défier* de personne est simplicité, se défier de tout le monde est folie ; se défier de soi est le premier pas vers la sagesse.

*
* *

Une *défiance* continuelle fait payer trop cher l'avantage de n'être pas trompé.

DE BRUIX.

CHARME. — ORNEMENT.

La charmille n'est-elle pas le plus bel *ornement* des parcs et des jardins ?

CHATAIGNIER. — RENDEZ-MOI JUSTICE.

Que de fois, sous des dehors brusques, sous un air froid et glacial, sous une écorce rude en un mot, ne rencontre-t-on pas des cœurs d'or ? Pour ces personnes, comme pour les châtaignes, il est vrai de dire que souvent les apparences sont trompeuses et qu'il ne faut pas toujours s'y fier.

*
* *

Le châtaignier de l'Etna est le plus gros de tous les arbres connus. Son tronc a plus de 50 mètres de circonférence ; il est percé d'une ouverture assez large pour donner passage à deux

voitures marchant de front. Cet arbre est appelé le châtaignier
des *cent chevaux*, depuis que la reine Jeanne d'Aragon, surprise sur l'Etna par un orage effroyable, trouva un abri sous
cet arbre avec cent personnes de sa suite.

CHÊNE. — HOSPITALITÉ.

Loin de nous est le temps où l'aïeul de la famille se
plaisait, après les offices du dimanche, à rassembler ses
enfants et ses petits enfants, autour de lui, à l'ombre du
chêne protecteur, pour raconter les souvenirs de sa jeunesse. Alors les voisins se joignaient à la famille pour
écouter les récits de l'aimable vieillard ; et si un étranger venait à passer, il était invité à partager le frugal
repas du soir et recevait une bienveillante hospitalité.
Maintenant, pour se reposer des labeurs de la vie, la
voix d'un vieillard aimé ne suffit plus ; il faut des plaisirs bruyants pris bien loin, hélas, de la maison pa-
ternelle !

A propos de cet arbre, rappelons nos souvenirs :

Un chêne, nommé l'Arbre fatidique, dans la ville de
Dodone, en Épire, rendait des oracles. La prêtresse in-
terprétait ces oracles, soit par le moyen du chant des
colombes cachées dans son feuillage ou par le bruisse-
ment de ses branches

Chez les Goths, le chêne était l'arbre de la force et
de la victoire. Sous les chênes de la Gaule s'accomplis-
saient les mystères des Druides ; quelques savants pré-
tendent même que le mot Druide dérive du mot grec
drus, chêne.

C'est sous un chêne du bois de Vincennes que saint

Louis rendait la justice. Charles II, après la bataille
de Worcester, pour se soustraire aux poursuites des soldats de Cromwell, passa une journée au haut d'un
chêne qui porte depuis ce temps le nom de chêne royal.

Le chêne de Montravail, aux environs de Saintes, est
remarquable par ses énormes proportions et son grand
âge ; sa hauteur est de 20 mètres et son diamètre de 8 à
9 mètres. On a creusé dans le bois mort de l'intérieur
du tronc un salon de 3 à 4 mètres de diamètre sur
3 mètres de hauteur ; on y a ménagé un banc circulaire
taillé en plein bois ; on place, au besoin, une table
ronde au milieu, et douze convives peuvent facilement
s'asseoir autour ; enfin une fenêtre et une porte vitrée
donnent du jour à cette salle à manger d'un nouveau
genre, que décore une tapisserie vivante composée de
fougères, de champignons, de lichens et de mousses.
Le nombre total des couches du tronc porte son âge à
près de deux mille ans !

Le vieux chêne du cimetière d'Allouville, en Nor-
mandie, ressemble à l'arbre de Montravail, et paraît
être de la même espèce ; mais il lui est de beaucoup
inférieur dans ses proportions et on lui accorde à
peine neuf siècles d'existence ; cependant il est cité
comme une des merveilles de la France.

Ah ! disait un jour Napoléon à Sainte-Hélène, à un de ses
fidèles compagnons, M. de Las Cases, que ne sommes-nous li-
bres au bord de l'Ohio ou du Mississipi, entourés de nos familles et de quelques amis...! Sentez-vous quel plaisir nous
aurions à parcourir sans fin et de toute la vitesse de nos chevaux ces vastes forêts d'Amérique? Mais ici, sur ce rocher, c'est
à peine s'il y a de quoi faire un temps de galop, je ne puis que
tourner dans mon cercle d'enfer. Puis rentrant au moment où
les rayons du soleil tropical brûlaient son front, il se réfugiait

sous la tente que lui avait fait dresser sir Malcolm; mais sous cette ombre sans charme, *un chéne ! un chéne !* s'écriait-il, et il demandait avec passion qu'on lui rendît le feuillage de ce bel arbre de France.

THIERS.

CHICORÉE. — FRUGALITÉ.

La chicorée est l'emblème de la frugalité, probablement depuis qu'un célèbre poète latin, Horace, a chanté la frugalité de ses repas, composés de... chicorée, et, j'aime à le croire, de quelques autres mets un peu plus succulents.....

**

Salut, déesse, ma souveraine, délices des gens de bien, *Frugalité,* fille de l'illustre Sagesse ! Ils te vénèrent, ils t'honorent, tous ceux qui aiment et pratiquent la justice.

ANTHOLOGIE GRECQUE.

**

Être *sobre* n'est pas une grande vertu ; mais c'est un grand défaut que de ne l'être pas.

LA REINE CHRISTINE.

CHOU. — PROFIT.

Petit terrain, qui sais fournir
De doux fruits mon petit ménage,
Où ma laitue aime à venir,
Où mon chou croît pour mon potage,

Je veux tout bas t'entretenir ;
Réponds-moi, j'entends ton langage.
Si je voyageais ? — Et pourquoi ?
Es-tu las d'être bien chez toi ?
— Je voudrais vivre avec les hommes.
— Avec eux : ce sont presque tous
Des méchants, des sots et des fous,
Surtout dans le siècle où nous sommes.
— De leur plaire je prendrai soin,
J'en aimerai quelqu'un peut-être,
Notre esprit se plaît à connaître :
Plus instruit je verrai plus loin.
— Que dis-tu là, mon pauvre maître ?
Crois-moi, trop penser ne vaut rien ;
Trop sentir est bien pire encore.
Déjà ma pêche se colore,
Mes melons te feront du bien.
— Il me faudra donc au village
Vieillir sans nom sous mon treillage ?
Je pourrai voir tout à loisir
Les lézards aller et venir
Sur les murs de mon ermitage !
— Est-ce un malheur ? Va, plus d'un sage,
Dans les soupirs, dans les dégoûts,
Du bonheur, sur des flots jaloux,
Poursuivant la trompeuse image,
S'est écrié dans son naufrage :
Ah ! si j'avais planté mes choux !!

❀❀❀❀❀❀❀❀❀❀❀

CIRCÉ. — SORTILÈGE.

Cette plante est l'emblème du sortilège, soit parce
qu'elle porte le nom de la célèbre magicienne, fille du
soleil et de la nymphe Persa, soit parce qu'on lui attri-
buait un pouvoir secret.

Les écrivains font souvent allusion à la baguette de

Circé. Cette magicienne captivait les étrangers par ses enchantements, leur offrait des breuvages magiques, et, les frappant de sa baguette, les changeait en animaux immondes. C'est ainsi qu'elle changea en pourceaux les compagnons d'Ulysse ; mais Ulysse l'obligea à leur rendre la forme humaine.

CLÉMATITE. — ARTIFICE.

Il arrive quelquefois que des mendiants, avec le suc corrosif de la clématite, parviennent à se créer des plaies, des ulcères, dans le but de toucher les cœurs et d'attirer sur eux la commisération publique.

Criminel ou non, *l'artifice* est toujours dangereux et presque inévitablement nuisible.

Mᵐᵉ DE GENLIS.

CORNOUILLER. — DURÉE, CONSTANCE.

Le bois de cet arbre est d'une très grande dureté et résiste par conséquent aux années. Le *Camélia,* dont la fleur se conserve longtemps, est aussi l'emblème de la constance et de la durée.

La *constance* peut avancer lentement, mais elle produit de grandes choses. Apportez chaque jour une corbeille de terre, vous ferez enfin une montagne.

CONFUCIUS.

꘏꘏꘏꘏꘏꘏꘏꘏꘏꘏

COQUELICOT. — REPOS, CONSOLATION.

Autrefois, cette plante passait pour être somnifère; aussi le dieu du sommeil, ce dieu qui *repose* et *console,* était-il représenté avec une couronne de coquelicots.

*
* *

Quand on ne trouve pas son *repos* en soi-même, il est inutile de le chercher ailleurs.

Mme GUIBERT.

*
* *

Attiré par la nouveauté, mais esclave de l'habitude, l'homme passe sa vie à désirer le changement et à soupirer après le *repos.*

DE LÉVIS.

꘏꘏꘏꘏꘏꘏꘏꘏꘏꘏

COUDRIER — RÉCONCILIATION, PAIX.

Le caducée de Mercure était une baguette de coudrier environnée de serpents et surmontée de deux ailes légères; il était le symbole de la paix.

La baguette divinatoire était un rameau fourchu de coudrier, d'aune, de hêtre ou de pommier, à l'aide duquel on découvrait anciennement les métaux, les sources cachées, les trésors, les maléfices et les voleurs.

Le talent de tourner la baguette divinatoire n'était donné qu'à quelques êtres privilégiés, et rien n'était plus facile que de savoir si on avait reçu ce don de la nature. Le coudrier était surtout l'arbre le plus favorable. Il ne s'agissait que d'en couper une branche fourchue, et de tenir dans chaque main les deux bouts supérieurs. En mettant le pied sur l'objet qu'on cherchait ou sur les vestiges qui pouvaient indiquer cet objet, la baguette tournait d'elle-même dans la main et c'était un indice infaillible. Dans quelques campagnes, la baguette de coudrier passe encore pour posséder de grandes vertus.

⚹⚹⚹⚹⚹⚹⚹⚹⚹⚹⚹⚹

CUSCUTE. — BASSESSE.

Voici une plante qui mérite bien le vilain emblème qui lui a été donné. Lorsque sa tige sort de terre, elle rampe jusqu'à ce qu'elle ait trouvé une autre plante pour appui ; lorsqu'elle l'a rencontrée, elle ne la quitte plus, elle s'y attache au moyen de racines aériennes ; puis alors, sa racine primitive se dessèche, elle n'en a plus besoin ; sa tige devient volubile et elle ne vit uniquement que des sucs de la plante protectrice ; souvent même elle la fait périr d'épuisement ! Jolie manière de reconnaître un bienfait, n'est-ce pas, Mesdemoiselles ? Moi qui croyais que l'ingratitude ne se rencontrait que chez les enfants d'Adam !

⚹⚹⚹⚹⚹⚹⚹⚹⚹⚹⚹⚹

CYPRÈS. — DEUIL, MORT.

De tout temps le cyprès a été l'arbre des morts ; les anciens comme les modernes en ornaient le champ du repos.

> Et toi, triste cyprès,
> Fidèle ami des *morts*, protecteur de leur cendre,
> Ta tige chère au cœur mélancolique et tendre
> Laisse la joie au myrte et la gloire au laurier.

**
* **

Un enfant, nommé Cyparis, nourrissait un cerf qu'il tua par mégarde ; il en eut tant de regret qu'il se donna la mort. Apollon, qui aimait cet enfant, le changea en cyprès et fit de cet arbre le symbole du deuil et de la tristesse.

**
* **

La *mort* peut tout à coup révéler l'homme à lui-même et lui apprendre à se connaître. A l'insolent, à l'orgueilleux, elle révèle leur néant : elle les abaisse, elle les rend à leur poussière, et les fait pleurer, gémir, se repentir ; elle leur fait haïr jusqu'à leur prospérité passée. Elle rectifie les comptes du riche et lui prouve qu'il n'est qu'un mendiant nu qui n'a de droit qu'au sable qui lui remplit la bouche. Elle présente à la beauté le miroir qui lui montre qu'elle n'est que difformité et pourriture, et la force de le reconnaître.

O éloquente, juste, puissante Mort ! ce qu'aucun n'eût osé essayer, tu l'as accompli. Celui que le monde entier flattait, tu l'as jeté hors du monde et foulé aux pieds, tu as confondu toutes les grandeurs exagérées, toutes les vanités, toutes les cruautés, toutes les ambitions de l'homme, et tu as recouvert le tout de ces deux petits mots : ci-gît.

Sir Walter Raleigh.

**
* **

O enfants des hommes, au milieu de la vie, vous êtes dans la *mort* ; nul ne peut échapper à ses coups. Soudain et rapide comme la foudre, le trait vous atteint et vous renverse en un clin d'œil : Soyez toujours prêts !

Hervey.

DIGITALE. — TRAVAIL.

Vous avez dû plus d'une fois, Mesdemoiselles, dans vos courses enfantines, cueillir de la digitale pourprée et enfoncer vos petits doigts dans ses charmantes fleurs ; alors vous avez remarqué la forme de leurs corolles et leur ressemblance avec un dé, principal instrument de *travail* pour les femmes.

***

. . . . Dieu, vois-tu,
Fit naître du *travail*, que l'insensé repousse,
Deux filles : la vertu, qui fait la gaîté douce,
Et la gaîté, qui rend charmante la vertu.

V. Hugo.

***

Le *travail* porte avec lui sa récompense ; il nous isole du monde et de nous-même. Lui dût-on seulement cette sérénité qui couronne à coup sûr toute journée bien remplie, il faudrait encore le bénir et l'aimer.

J. Sandeau.

***

Malheureux celui qui ne connaît pas le charme du *travail*, il ne connaîtra que trop tôt le dégoût des plaisirs.

DE LÉVIS.

Comprendre et pratiquer, jeune encore, la grande loi du *travail*, selon le cours ordinaire des choses, c'est décider l'avenir et fixer la destinée ; c'est assurer dans ses premiers jours la fécondité de tous ses jours; c'est ouvrir dans la vie qui commence les sources profondes et larges d'où sortent les grandes choses, dont l'éclat doit rejaillir sur la vie tout entière.

La paresse, au contraire, verse sur l'homme des maux incalculables. Elle blesse son enfance, elle flétrit sa jeunesse, elle brise sa virilité, elle attache à toutes ses puissances le déshonneur de la stérilité. C'est que le travail est sur la terre la suprême fonction de l'homme, et toute sa vie dépend de la manière dont il sait l'accomplir.

LE R. P. FÉLIX.

ÉGLANTIER. — POÉSIE.

Églantine ! humble fleur, comme moi solitaire,
Ne crains pas que sur toi j'ose étendre la main :
Sans en être arrachée, orne un moment la terre,
Et comme un doux rayon console mon chemin !

*
* *

L'églantine d'or est une des fleurs que l'Académie des jeux floraux de Toulouse décerne tous les ans au poète vainqueur, dans une pièce qui doit célébrer les charmes de l'éloquence et de l'étude. La fleur de Clémence Isaure doit être naturellement la fleur des poètes. M. Ed. Pailleron a dit de la *poésie :*

Harmonieux écho de l'âme et de la terre,
L'univers t'appartient par le rhythme et le son :
La fleur par son parfum, l'oiseau par sa chanson,
L'homme par la souffrance et Dieu par le mystère.

*
* *

La poésie a pour emblème
Toutes les fleurs,
Et les splendeurs
De la terre et du ciel lui-même.

Elle appartient au lis superbe
Comme au roseau ;
Au frêle oiseau,
A l'insecte comme au brin d'herbe.

Elle est dans tout ce qui respire,
Dans les palais
Dans les chalets,
Dans les pleurs et dans le sourire.

Mme JULIE L'ÉVEILLÉ.

*
* *

Comme ce nectaire de l'abeille qui change en miel la poussière des fleurs, ou comme cette liqueur qui convertit le plomb en or, le *poète* a un souffle qui enfle les mots, les rend légers et les colore. Il sait en quoi consiste le charme des paroles, et par quel art on bâtit avec elles des édifices enchantés.

JOUBERT.

*
* *

Rien de ce qui ne transporte pas n'est *poésie*. La lyre est en quelque manière un instrument ailé.

Id.

*
* *

Les beaux vers sont ceux qui s'exhalent comme des sons ou des parfums.

Id.

*
* *

On ne peut trouver de *poésie* nulle part quand on n'en porte pas en soi.

ELLÉBORE. — BEL ESPRIT.

Souvent, lorsque le sol est couvert de neige, on aperçoit le long des haies et sur la lisière des bois, des

3.

feuilles vertes au milieu desquelles s'élèvent des fleurs
verdâtres, blanches ou purpurines ; ces fleurs appartiennent à une plante nommée ellébore, qui fleurit
dans l'hiver et au commencement du printemps. On
a cru pendant longtemps qu'elle avait la propriété de
guérir de la folie ; c'était du moins l'avis du lièvre
lorsqu'il disait d'un air moqueur à la tortue :

> Ma commère, il vous faut purger
> Avec quatre grains d'ellébore.

C'est sans doute par raillerie qu'on a fait un rapprochement entre la folie et le bel esprit.

Les anciens attribuaient à l'ellébore une action presque certaine pour la guérison des maladies mentales.
Dès l'origine des temps héroïques, lisons-nous dans le
Magasin pittoresque, un certain Mélampe, à la fois
berger, devin et médecin, ayant remarqué le bon effet
produit par cette plante sur ses chèvres malades, avait
préconisé son emploi et l'avait étendu bientôt à différentes maladies humaines ; il avait, entre autres, guéri
la folie des filles de Prœtus, roi d'Argos. On lui érigea
des temples par la suite, et l'ellébore devint dès lors célèbre. Au temps des Romains, les malades allaient
faire usage de ce spécifique à Anticyre, île voisine de
l'Eubée, et il était passé en proverbe d'y envoyer tout
individu dont le cerveau ne paraissait pas jouir de ses
facultés normales. « Qu'il aille à Anticyre ! » dit Horace d'un certain poète qu'il poursuit de ses satires.
Les philosophes faisaient aussi usage de l'ellébore pour
se tenir la tête libre et l'esprit dispos ; cette plante
rendait ainsi le service que demandent au café nos
hommes d'esprit et nos penseurs.

FENOUIL. — FORCE.

On raconte que pour se donner des *forces*, les gladiateurs, avant d'affronter les combats du cirque, mêlaient le fenouil à leur nourriture.

**

Qui n'est pas maître de soi-même, n'a rien de *fort*, car il est faible dans le principe.

BOSSUET.

**

L'homme *fort* est celui qui sait être malheureux.

MARTIAL.

❧❧❧❧❧❧❧❧❧❧❧

FIGUIER. — MALÉDICTION.

Un matin, peu de jours avant son agonie,
Jésus, suivi des siens, sortait de Béthanie,
Et la faim le pressant, il chercha de la main
Aux branches d'un figuier planté sur le chemin :

Aucun fruit ne parut ; alors la voix divine
Maudit l'arbre trompeur jusque dans sa racine ;
Et Simon, au retour, s'en étant approché,
Vit qu'au courroux du maître il s'était desséché.

**

Mentir à tous les vœux, attirer l'espérance,
Et des fruits attendus n'avoir que l'apparence,
Sur la terre féconde au soleil de l'été,
Peser de tout le poids de sa stérilité,
N'est-ce pas l'avenir qu'au sein de la mollesse
Plus d'un, autour de vous, prépare à sa jeunesse ?
. . . .
Oui, la loi du travail est sainte et bienfaisante.
Bien à plaindre celui qui la trouve pesante !
Bien à plaindre celui qui veut s'y dérober !
Sous un fardeau plus lourd on le voit se courber :
L'inexorable ennui le suit comme son ombre ,
A ses regards voilés tout devient morne et sombre ;
Car, ne l'oubliez pas, l'Évangile nous dit
Que le figuier sécha le jour qu'il fut *maudit*.

HIPPOLYTE VIOLEAU.

FOUGÈRE. — SINCÉRITÉ.

Vous n'avez point, humble fougère,
L'éclat des fleurs qui parent le printemps ;
Mais leur éclat ne dure guère :
Vous êtes aimable en tout temps.

**

Pour bien des raisons, chères lectrices, je ne vous
apprendrai pas pourquoi la fougère est l'emblème de
la sincérité ; la première, c'est qu'il n'en existe pas, du
moins je n'ai pu en découvrir ; vous me dispenserez

alors de vous énumérer les autres raisons. Je vous dirai
seulement que Messieurs les poètes ne manquent jamais
d'associer dans leurs vers les mots bergère et fougère,
qui forment une rime riche; aussi font-ils danser la
bergère sur la fougère, chose fort difficile à mon avis,
car nos bergères ne sont ni des sylphides, ni des fées,
et il faudrait qu'elles fussent l'une ou l'autre pour pouvoir se tenir en équilibre sur cette plante qui a souvent jusqu'à deux mètres de hauteur. Fiez-vous aux
rimes!...

*
* *

La *sincérité* est toujours louable; mais elle doit être prudente.
On est obligé de parler toujours sincèrement; mais on n'est pas
toujours obligé de parler.

FLÉCHIER.

FRAISES. — BONTÉ.

Le fraisier se plaît dans nos bois et couvre leurs
lisières de ses fruits délicieux qui appartiennent à tous
ceux qui veulent les cueillir. C'est un don que la nature a soustrait au droit exclusif de la propriété, et
qu'elle se plaît à rendre commun à tous ses enfants.
Partout ces baies charmantes, qui le disputent en fraîcheur et en parfum au bouton de la plus belle des
fleurs, flattent la vue, le goût et l'odorat.

*
* *

Les fleurs de fraisier.

Sophie, écoute-moi, ma sœur :
Remplis tes mains et ta corbeille

De toute fleur bleue ou vermeille ;
Mais aux fraisiers laisse leur fleur.

Écoute-moi, je suis l'aînée.
Ne dois-tu pas bien m'obéir ?
J'ai vu déjà, plus d'une année,
Ici les fleurs s'épanouir.
Saisis chaque fleur fraîche éclose,
Qu'au beau soleil tu vois briller ;
Épargne celles du fraisier
Dont la promesse est quelque chose !

Cueille à foison les violettes,
Blanc muguet et soucis dorés ;
Fleurs du printemps, Dieu les a faites
Pour mourir dans l'herbe des prés.
Mais cette fleur, blanche, petite,
Qui n'est pas moins jolie à voir,
N'y touche pas : c'est un espoir
Que sa feuille légère abrite.

La marguerite ici fourmille
Dans les sentiers, dans les gazons ;
On voit sa petite famille
Végéter en toutes saisons.
Chaque fleurette s'ouvre et passe ;
D'autres vont éclore demain.
Tu peux cueillir à pleine main ;
Mais à celles-ci faisons grâce.

Dis, ne seras-tu pas contente
De trouver, aux mois de chaleur,
Dans l'herbe un fruit mûr qui nous tente,
Rouge, sucré, plein de saveur ?
Au lieu d'une fleur que l'on cueille,
Puis que l'on jette en son chemin,
Nous trouverons sous notre main
Un doux fruit caché sous sa feuille.

Sophie, écoute-moi, ma sœur :
Remplis tes mains et ta corbeille
De toute fleur bleue ou vermeille ;
Mais aux fraisiers laisse leur fleur.

         FLORENT RICHOMME (*Poésies rurales*).

Pour un enfant, le type de la *bonté* c est sa mère, et il faut avouer qu'il ne saurait trouver un plus juste et plus heureux emblème. Voici, à ce sujet, le charmant dialogue qu'a composé M. de Ratisbonne, l'auteur des Comédies enfantines :

Comment est-ce que Dieu les a peintes, les fleurs?
    Où donc a-t-il pris des couleurs?
    — Voyant les terres toutes nues,
Dieu s'est mis à sourire et les fleurs sont venues.
— C'est fort! mais il a donc tout fait ce grand bon Dieu?
— Tout, mon enfant : la terre et l'eau, l'air et le feu,
    Et toutes les choses connues.
— Et toi, mère, est-ce qu'il t'a faite aussi?
                — Qui? moi?
Sans doute : te voilà stupéfait, immobile !
— Ah ! cela devait être un peu bien difficile,
De faire une maman aussi *bonne* que toi !

*
* *

Il n'y a que les grands cœurs qui sachent combien il y a de gloire a être *bon*.

SOPHOCLE.

*
* *

La qualité dont nous tirons le plus d'avantage dans le monde, c'est la *bonté*.

*
* *

On dit que les occasions de faire du bien ne sont pas si communes ; les supposer rares, c'est être bien ignorant en *bonté*. Si l'on n'est pas souvent à portée de rendre de grands services, il n'est point de jour où l'on ne puisse travailler à rendre la situation de quelqu'un meilleure. En société, le désir d'obliger qui va au-devant de tous les désirs ; en famille, la douceur qui procure la paix et la sagesse qui la conserve ; avec ses domestiques, un traitement doux et raisonnable qui fasse disparaitre les désagréments de la servitude en maintenant la subordination ; puis, donner des avis à ceux qui en ont besoin, calmer une inquiétude, alléger un chagrin : voilà dans le tableau de ces soins multipliés dont l'occasion s'offre à chaque instant, de quoi occuper toutes les heures de la vie. A la vérité, ce n'est là que le remplissage de la bonté, mais n'est-il pas bon de n'y point lais-

ser de vide et de se tenir toujours en exercice. J'ose assurer
qu'une existence ainsi tournée au profit de nos semblables serait le vrai secret d'être toujours en jouissance ; car en se ren-
dant propres celles des autres, c'est comme si l'on avait plusieurs
âmes pour jouir.

FÉNELON.

*
* *

Bonté, flambeau divin dont la brillante flamme
Comme un phare sauveur fait rayonner une âme !
Parmi les noms divers, aux lèvres du chrétien,
Bonté, quel autre nom plairait comme le tien ?
Être bon, c'est connaître une source cachée
Où la soif la plus vive est bien vite étanchée ;
C'est trouver en son cœur un immense trésor
Qu'on répand sur ses pas et qui s'accroît encor ;
C'est donner à la fois la fraîcheur des fontaines,
Les aromes des fleurs et l'ombrage des chênes ;
C'est ranimer l'amour, l'espérance, la foi,
C'est attirer au ciel en attirant à soi !

*
* *

Nous ne pouvons mieux terminer cet article sur la
bonté qu'en citant les vers suivants :

Bonnes gens font les bons pays,
Bon cœur fait le bon caractère.
Bons comptes font les bons amis,
Bon fermier fait la bonne terre ;
Bons livres font les bonnes mœurs,
Bons maîtres les bons serviteurs ;
Les bons bras font les bonnes lames,
Le bon goût fait les bons écrits,
Bons maris font les bonnes femmes,
Bonnes femmes les bons maris.

FUMETERRE. — FIEL.

La saveur de cette plante est très amère ; de là son emblème. On dit souvent : amer comme fiel.

> Aux jours de la vie,
> La coupe est remplie
> De *fiel*.
> L'homme à cette lie
> Veut que l'on allie
> Le miel.
> Hélas ! il oublie
> Qu'il n'est d'ambroisie
> Qu'au ciel.

A. LEVAIN.

GARANCE. — CALOMNIE.

La garance, plante si précieuse aux teinturiers, a la propriété de teindre en rose les os des animaux auxquels on la donne en nourriture.

Que de fois la méchanceté n'a-t-elle pas profité habilement d'une apparence trompeuse pour *calomnier* l'innocence !

Tout le monde connaît l'affreuse maxime attribuée à un écrivain du siècle dernier : « Calomniez, calomniez, il en restera toujours quelque chose. »

Le grand Condé répétait souvent le quatrain suivant, que Pibrac a écrit sur la calomnie :

> Quand une fois ce monstre nous attache,
> Il sait si bien ses cordillons nouer,
> Que, bien qu'on puisse enfin les dénouer,
> Restent toujours les marques de l'attache.

Avant toute chose, craignez de donner prise aux imputations de la *calomnie*, et alors si elle vous atteint, car la vertu même n'échappe pas à ses traits, il n'y a qu'un moyen de la vaincre, c'est de la dédaigner.

❄❄❄❄❄❄❄❄❄❄❄

GAZON, HERBE. — UTILITÉ.

Outre que l'herbe sert à nourrir les animaux et qu'un grand nombre de ces animaux servent à leur tour de nourriture à l'homme, que serait la terre sans les superbes *tapis* de verdure qui réjouissent l'œil et invitent au repos ?

J'ai acheté, il y a trois ans, dit A. Karr, un *tapis* ruineux pour le mettre dans mon cabinet de travail. Ce tapis représente des feuillages d'un vert sombre, parsemés de grandes fleurs rouges. Hier, mes yeux sont tombés sur mon tapis, et je me suis aperçu que les couleurs en étaient fort passées, que le vert en est devenu d'un verdâtre assez laid, que le rouge est fané d'une manière déplorable, et que la laine est râpée et montre la corde sur tout l'espace qui conduit de là porte à la fenêtre, et de la fenêtre à mon fauteuil au coin de la cheminée. Ce n'est pas tout ; en dérangeant une énorme et pesante table de bois sculpté, j'ai fait un accroc au tapis. Tout cela m'a effrayé à un certain point, j'ai fait recoudre la déchirure, mais je n'ai pu rendre la fraîcheur au feuillage, ni l'éclat aux fleurs rouges. Mais ce matin, en me promenant au jardin, je me suis arrêté devant la pelouse qui en est à peu près le milieu.

A la bonne heure ! me suis-je dit, voilà un tapis comme je les aime ; toujours frais, toujours beau, toujours riche. En effet, il m'a coûté soixante livres de graines de gazon, à cinq sous la livre, c'est-à-dire quinze francs, et il est à peu près du même âge que celui de mon cabinet, qui m'a coûté cent écus. Celui de cent écus n'a subi que de tristes changements : il est aujourd'hui pauvre, et plus pauvre qu'un autre de toute sa splendeur ; — terni, râpé, honteux, rapiécé. Celui-ci devient chaque année plus beau, plus vert, plus touffu, et avec quel luxe il change et se renouvelle !

Au printemps, il est d'un vert pâle et semé de petites marguerites blanches et de quelques violettes. Un peu après, le vert devient plus foncé, et les marguerites sont remplacées par des boutons d'or vernissés. Aux boutons d'or succèdent les trèfles rose et blanc. A l'automne, mon tapis prend une teinte un peu jaune, et au lieu du trèfle rose et du trèfle blanc, il est semé de colchiques qui sortent de terre comme de petits lis violets. L'hiver, il est blanc de neige à éblouir les yeux. Puis, au printemps, comme dans l'automne, on a quelquefois marché dessus : il est un peu écrasé, déchiré, il se raccommode de lui-même, de telle façon qu'on ne peut plus retrouver ses blessures ni même leurs cicatrices ; pendant que mon autre tapis reste là avec ses éternelles fleurs rouges, qui ne font qu'enlaidir chaque jour, et avec ses déchirures mal cousues.

GENÊT. — PROPRETÉ.

La plupart des balais de nos robustes ménagères des campagnes sont en genêt ; il était tout naturel que cet arbuste fût l'emblème de la propreté.

Il faut observer dans tout notre extérieur une *propreté* qui ne tienne rien de l'affectation, et fuir une négligence qui marque de la grossièreté.

CICÉRON.

*
* *

Je ne sais pas de condition plus défavorable pour la pureté de l'âme que la saleté physique.

Mme BEECHER STOWE.

GENÉVRIER. — ASILE, SECOURS.

Demandez à Jeannot Lapin et à son frère, l'*animal léger*, s'ils n'ont pas trouvé mille fois, sous les tiges de cette plante, un asile contre le plomb du chasseur inexorable.

Dans les temps d'épidémie, on brûle encore assez souvent des grains de *genièvre* pour purifier l'air.

GERBE D'OR. — AVARICE.

Cette fleur a la couleur du *soleil des métaux*, c'est-à-dire de l'or; de là son emblème.

L'avarice tend à disparaître de la société, mais hélas! n'avons-nous pas remplacé la tache par un trou? Autrefois, on aimait l'or pour lui-même, on thésaurisait, on amassait; aujourd'hui, on veut de l'or à tout prix afin de se procurer des jouissances matérielles. Avons-nous gagné au change?... Notre siècle est ennemi de l'idéal, il est essentiellement réaliste et positif : on ne demande plus d'un homme combien il vaut par ses qualités, mais combien il pèse par ses écus. Lisez à ce sujet l'apologue suivant :

Je rencontrai l'autre jour une bonne fée qui courait comme une folle malgré son grand âge.

— Êtes-vous donc si pressée de nous quitter, madame la fée ?

— Ah ! ne m'en parlez pas, répondit-elle. Il y a quelques centaines d'années que je n'avais vu votre petit monde, et je n'y comprends plus rien. J'offre la beauté aux jeunes filles, le courage aux jeunes gens, la sagesse aux vieux, la santé aux malades, enfin tout ce qu'une honnête fée peut offrir de bon aux humains et tous me refusent. Avez-vous de l'or et de l'argent, me disent-ils, nous ne souhaitons pas autre chose ; or, je me sauve, car j'ai peur que les roses des buissons ne me demandent des parures de diamants et que les papillons n'aient la prétention de rouler carrosse dans la prairie.

— Non, non, ma bonne Dame, s'écrient en riant les petites roses qui avaient entendu grogner la fée : nous avons des gouttes de rosée sur nos feuilles.

— Et nous, disent en folâtrant les papillons, nous avons de l'or et de l'argent sur nos ailes.

— Voilà, dit la fée en s'en allant, les seules gens raisonnables que je laisse sur la terre.

G. Sand.

Lorsque *l'argent* représente tant de choses, ne l'aimer pas ce serait presque ne rien aimer. L'oubli des vrais besoins ne peut être qu'une fausse modération ; mais connaître la valeur de l'argent et le sacrifier toujours, soit au devoir, soit même à la délicatesse, c'est une vertu réelle.

DE Sénancour.

Avare, quel est ton dessein ?
Tes désirs secondent les nôtres :
Tu te laisses mourir de faim
Pour laisser de quoi vivre aux autres.

GIROFLÉE DE MURAILLE. — FIDÈLE
AU MALHEUR.

Un poète élégiaque, Joseph Treneuil, à qui l'on doit plusieurs pièces de beaux vers, se rendit à Saint-Denis un jour de l'année 1806. Il entra, par hasard, dans une cour qui se trouvait derrière l'abbaye. Là étaient entassés, pêle-mêle, depuis la terreur, les débris des tombeaux de nos rois ; cette vue lui remplit l'âme de tristesse ; mais ayant aperçu sur les murs de cette enceinte des giroflées, qui répandaient autour d'elles un doux parfum, le poète, se sentant inspiré, improvisa une pièce de vers intitulée : *les Tombeaux de Saint-Denis*, dont je transcris pour vous le passage suivant :

> Mais quelle est cette fleur que son instinct pieux
> Sur l'aile du zéphyr amène dans ces lieux?
> Quoi tu quittes le temple où vivent tes racines,
> Sensible giroflée, amante des ruines,
> Et ton tribut fidèle accompagne nos rois ?
> Ah ! puisque la terreur a courbé sous les lois
> Du lis infortuné la tige souveraine,
> Que nos jardins en deuil te choisissent pour reine,
> Triomphe sans rivale, et que ta sainte fleur
> Croisse pour le tombeau, le trône et le malheur.

**

Écoutons maintenant M. de Ratisbonne nous parler de la giroflée des murailles :

> « Petite sœur, là-haut, qui grimpes et qui brilles
> A l'étroite fenêtre entre deux noirs barreaux,
> Quitte ces murs épais tout hérissés de grilles,
> Viens donc rire avec nous ! les sentiers sont si beaux ! »

Ainsi disaient les fleurs jouant sur la pelouse.
Celle qui fleurissait à l'ombre répondit :
Riez sous le ciel bleu , je n'en suis point jalouse,
Je plonge en un ciel noir qui par moi resplendit.

Heureuses au milieu des heureux de la terre,
Enchantez-les, mes sœurs, sous le clair horizon !
Laissez-moi la fenêtre humide et solitaire,
J'embaume un malheureux : je suis *fleur de prison*.

**

C'est encore cette même plante qui a inspiré à un écrivain français, Saintine, le petit chef-d'œuvre que nous voulons placer sous les yeux de nos lectrices. C'est une supplique que le comte de Charney, détenu politique , adresse à l'Empereur Napoléon, pour la conservation d'une plante chérie (Picciola) qui a poussé par hasard dans la cour de sa prison.

Sire,

« Deux pavés de moins dans la cour de ma prison n'ébranle-ront pas les fondements de votre empire, et telle est l'unique faveur que je viens demander à Votre Majesté. Ce n'est pas sur moi que j'appelle les effets de votre protection ; mais, dans ce désert muré où j'expie mes torts envers vous, un seul être a jeté quelque charme sur ma vie. C'est une plante, Sire, c'est une fleur inopinément venue entre les pavés de la cour où il m'est permis parfois de respirer l'air et de voir le soleil. Ah ! ne vous hâtez pas de m'accuser de délire et de folie ! Cette fleur fut pour moi un sujet d'études si douces et si consolantes ! C'est, fixés sur elle, que mes yeux se sont ouverts à la vérité; je lui dois la raison, le repos, la vie peut-être ! Je l'aime comme vous aimez la gloire ! Eh bien ! en ce moment, ma pauvre plante meurt faute d'espace et de terre; elle meurt et je ne puis la secourir, et le commandant de Fénestrelle renvoie ma plainte au gouverneur de Turin, et, quand ils se décideront, ma plante sera morte ! Et voilà pourquoi, Sire, c'est à vous que je m'a-dresse, à vous qui d'un mot pouvez tout, même sauver ma fleur ! Faites arracher ces deux pavés qui pèsent sur moi comme sur elle, sauvez-la de la destruction, sauvez-moi du désespoir ! Ordonnez, c'est la vie de ma plante que je vous demande, je vous la demande avec instance, avec supplications, les genoux en terre, et, je le jure dans mon cœur, ce bienfait vous sera compté.

« Pourquoi mourrait-elle ? elle a, je l'avoue, amorti le coup que votre main puissante voulait faire tomber sur moi ; mais elle a rompu mon orgueil aussi, et c'est elle qui maintenant me jette suppliant à vos pieds. Du haut de votre double trône, abaisserez-vous votre regard sur nous ? Saurez-vous comprendre quels liens peuvent rapprocher un homme d'une plante, dans cet isolement qui ne laisse au prisonnier qu'une existence végétative ? Non, vous ne savez pas, Sire, et que votre étoile vous garde de savoir jamais ce que peut la captivité sur l'esprit le plus ferme et le plus fier ! Je ne me plains pas de la mienne, je la supporte avec résignation : prolongez-la, qu'elle dure autant que ma vie ; mais grâce pour ma fleur !

« Songez bien, Sire, que cette grâce que j'implore de Votre Majesté, c'est sur-le-champ, c'est aujourd'hui même qu'il me la faut ! Vous pouvez laisser le glaive suspendu quelque temps sur le front du condamné et le relever ensuite pour le pardon ; mais la nature suit d'autres lois que la justice des hommes ; encore deux jours, et peut-être l'Empereur Napoléon ne pourra plus rien pour la fleur du captif de Fénestrelle. »

GRENADIER. — FATUITÉ, SOTTISE.

Quelle fleur plus que celle du grenadier attire les regards ? Sa forme, et surtout sa couleur vive, forcent à l'attention ; mais ne vous approchez pas pour jouir de son odeur, vous seriez désappointées.... Ceci me rappelle ce qu'éprouva Mme de Sévigné lorsque, adressant quelques paroles flatteuses à un jeune homme doué de la plus jolie figure qu'on puisse voir, il lui planta au nez d'un air ridicule : « Mauvaise herbe croît toujours. »

4

D'apprendre qu'on a dit ou fait une *sottise*, ce n'est rien que cela. Il faut apprendre qu'on n'est qu'un sot : instruction bien plus ample et bien plus importante.

Un *sot* a beau faire broder son habit, ce n'est toujours que l'habit d'un sot.

Rivarol.

*
* *

Le *fat* est entre l'impertinent et le sot : il est composé de l'un et de l'autre.

*
* *

Le *fat* est un homme dont la vanité seule forme le caractère, qui ne fait rien par goût, qui n'agit que par ostentation, et qui voulant s'élever au-dessus des autres est descendu au-dessous de lui-même.

Desmahis.

GRENADILLE, PASSIFLORE ou FLEUR DE LA PASSION. — FOI.

On a cru voir dans les organes de cette fleur les instruments du supplice de Jésus-Christ. C'est pourquoi on la connaît sous le nom de fleur de la Passion.

Les organes filamenteux représentent la couronne d'épines; l'ovaire représente le poteau; les styles, les clous ; les étamines, les marteaux.

*
* *

Mais quel affreux tableau vient déchirer mon âme !
Je vois, je vois Solyme, et ce funeste lieu
Où par mille tourments, sur une croix infâme,
Des bourreaux immolent un Dieu.

Toi qui de son trépas nous retraces l'image,
Funèbre *Grenadille*, à nos yeux, chaque jour,
Que tes tristes couleurs offrent le témoignage
    De nos forfaits, de son amour.

Sans cesse redis-nous : quand votre auguste maître
Pour vous rendre la vie expire sous vos coups,
Du moins par vos vertus songez à reconnaître
    Le prix du sang versé pour vous.

*
* *

Il y a autant de faiblesse dans les lumières de l'homme que de misères dans sa vie. Sa *foi* est le seul asile auquel l'homme puisse recourir dans les ténèbres de sa raison et dans les calamités de sa nature faible et mortelle. Nous sommes des enfants qui essayons de faire quelques pas sans lisières : nous marchons, nous tombons, et la foi nous relève.

VOLTAIRE.

*
* *

La *foi* commence où finit l'orgueil.

LAMENNAIS.

*
* *

Ferme les yeux et tu verras.

JOUBERT.

*
* *

L'impie veut savoir, et c'est là sa perte. Il demande le salut à la science, il le demande à l'orgueil, il se le demande à lui-même : et du fond de son intelligence *ténébreuse*, de sa nature impuissante et dégradée, sort une réponse de mort. Chrétiens, ne l'oubliez jamais, le juste vit de la *foi;* notre bonheur est de *croire* sans comprendre.

LAMENNAIS.

HÉLÉNIE. — PLEURS.

Tous les *pleurs* que versait la belle Hélène sur le sort de Troie, son infortunée patrie, se changeaient aussitôt en cette fleur d'automne, que nous nommons Hélénie.

Si, de nos jours, les larmes qui sont versées donnaient encore naissance à cette fleur, tous les jardins en seraient abondamment pourvus. Nul homme ici-bas n'est exempt de peines, n'est à l'abri de la douleur, et nul, par conséquent, ne peut échapper à la loi commune : *pleurer !*

**

Comme un lis penché par la pluie
Courbe ses rameaux éplorés,
Si la main du Seigneur vous plie,
Baissez votre tête et *pleurez;*
Une larme à ses pieds versée
Luit plus que la perle enchassée
Dans son tabernacle immortel;
Et le cœur blessé qui soupire
Rend des sons plus doux que la lyre
Sous les colonnes de l'autel.

LAMARTINE.

Quand vos yeux, en naissant, s'ouvraient à la lumière,
Chacun vous souriait, enfant, et vous pleuriez.
Faites si bien qu'un jour à votre heure dernière,
Chacun verse des *pleurs* et que vous souriiez.

*
* *

Si près de toi quelqu'un *pleure* en rêvant,
Laisse pleurer sans en chercher la cause.
Pleurer est doux, pleurer est bon souvent
Pour l'homme, hélas ! sur qui le sort se pose.
Toute larme, enfant,
Lave quelque chose.

V. Hugo.

*
* *

Il est des blessures qui ne se cicatrisent jamais ; il est des *larmes* qui sont toujours amères.

BALLANCHE.

*
* *

La religion, toute d'amour, ne condamne pas nos *pleurs*,
mais se place entre l'adversité et nous pour les essuyer.

*
* *

Le pouvoir d'une larme.

— LÉGENDE. —

Un riche seigneur fit périr son frère pour augmenter ses im-
menses domaines. Le crime, commis dans l'ombre, resta inconnu
des hommes ; mais bientôt, le remords, ce ver rongeur, vint
assaillir le coupable et lui enlever toute joie, toute paix, tout
bonheur. Un jour, en proie à un sombre désespoir, il alla trouver un saint ermite, lui fit l'aveu de son forfait et lui demanda
ce qu'il devait faire pour rentrer en grâce avec le ciel. Votre
crime est horrible, lui dit l'ermite, mais la miséricorde de Dieu
est infinie. Prenez cette coupe, et, j'en fais le serment, le jour
où vous l'aurez remplie d'eau jusqu'au bord, Dieu vous pardon-
nera le sang de votre frère.

Docile à ce conseil, le seigneur prend son bâton de voyage et
part. Chose extraordinaire! Cet homme prie, lui qui jusqu'a-
lors s'était ri de la religion ; il jeûne, lui dont la table avait

4.

toujours été chargée des mets les plus délicats. Il arrive près
d'un fleuve voisin, y trempe sa coupe; mais, ô surprise! l'eau,
rebelle à son désir, se retire de la coupe et n'en mouille même
pas les bords. Il parcourt ainsi l'Europe entière sans obtenir
plus de succès. — Alors, sous l'habit du pèlerin, il se dirige
vers la Terre Sainte, espérant que sur cette terre bénite et près
du tombeau du Christ le miracle de son pardon pourra s'effec-
tuer. Vain espoir! Inutilement le coupable présente sa coupe
aux eaux saintes du Jourdain, aux torrents de Cédron, l'eau
inexorable se retire toujours... Désespérant de fléchir le Ciel, il
revient dans ses domaines, assemble ses vassaux, et tenant sa
coupe d'une main et de l'autre son bâton de voyageur, il avoue
son crime, ses remords, et leur annonce sa ferme résolution
d'abandonner ses biens aux pauvres et de se retirer dans la solitude pour y expier son péché. Comme il parlait de son repentir, soudain une larme s'échappe de ses yeux, elle tombe dans
la coupe et la remplit tout entière. *Dieu venait de pardonner!*

HORTENSIA. — INDIFFÉRENCE.

L'indifférence! oui, c'est bien là le sentiment que
nous éprouvons pour cette fleur jolie, mais incomplète,
à laquelle il manque l'âme, c'est-à-dire le parfum.
Dans le monde, c'est aussi l'indifférence que nous
éprouvons pour une personne simplement belle et élégante, mais à qui il manque les qualités solides de
l'esprit et du cœur. La beauté attire les regards, la
bonté seule charme et captive les cœurs.

> Reçois de ma muse un coup d'œil
> Et n'accuse plus son silence,
> Brillante fleur, toi dont l'orgueil
> Se pare du beau nom d'*Hortense*;
> Malgré ton éclat si vanté,
> N'attends de moi rien davantage;

J'admire en passant la beauté,
Seul le mérite a mon hommage.

Pour fixer nos regards séduits,
Tes diverses métamorphoses
Tour à tour nous offrent les lis,
Les violettes et les roses;
Mais quand Flore a voulu former
Pour nos jardins une Pandore,
Elle oublia de l'animer :
Ta fleur, hélas! est inodore !

*
* *

L'indifférence dans une âme, ce n'est pas la maladie, c'est la mort vivante; l'indifférence chez un peuple est une mort nationale.

VINET.

*
* *

L'indifférence est pour les cœurs ce que l'hiver est pour la terre.

Mᵐᵉ DESHOULIÈRES.

HOUX. — DÉFENSE, PRÉVOYANCE.

En temps de neige, rien n'est plus agréable que d'apercevoir des arbustes au feuillage vert et luisant, ornés de baies d'un rouge écarlate qui tranchent agréablement avec la blancheur immaculée qui les entoure; instinctivement on s'en approche; mais à l'imprudent qui veut couper une de ses branches ou cueillir de ses fruits, le houx présente pour *défense* les épines dont ses feuilles sont hérissées. Souvent pour se venger de l'indiscrétion d'une petite main délicate qui l'approche de trop près, l'arbuste malin enfonce ses dards dans

cette main et la couvre de gouttelettes rouges et ver-
meilles qui ressemblent à ses baies. En agissant ainsi,
il veut faire comprendre qu'il y a de certaines choses
qu'on ne devrait toucher..... qu'avec les yeux :

> Écoutez donc l'oiseau, respirez donc la rose,
> Sans les prendre à la plaine, à l'air pur, au ciel bleu,
> Car toujours notre main à ce que créa Dieu,
> Même en le caressant, enlève quelque chose.

Le houx, tout naturellement, nous amène à parler
des *arbres de Noël*, qui sont, pour la plupart, composés
avec des branches de cet arbuste.

La branche d'arbre vert, *houx*, pin ou sapin, appelée
arbre de Noël, joue le principal rôle dans les divertis-
sements de la jeunesse et de l'enfance, la veille de
Noël. Cette fête se célèbre principalement chez les
peuples du Nord, qui aspirent le plus vivement au
retour de la belle saison. C'est un jour de joie et
d'allégresse pour l'enfance, cet emblème vivant de la
saison printanière.

En Allemagne, principalement, ce jour est l'occasion
des plus charmantes fêtes d'intérieur. Tous les parents
se rassemblent dans la demeure du chef de famille, et
les amis sont invités à ces cordiales réunions. Sur une
table dressée dans la plus grande salle de la maison,
on élève le *Christbaum* chargé de bonbons, de joujoux,
de fleurs et de bougies, et la maîtresse de la maison
dispose les présents destinés à chacun de ceux qui as-
sistent à cette fête. Tout cela se fait en grand secret,
car on veut laisser à chacun le plaisir de la surprise.
Le soir, les petites bougies du Christbaum sont allu-
mées et éclairent les richesses répandues sur la table.
La salle magique s'ouvre, les enfants s'y précipitent
avec des cris de joie ; chacun court à la part de lar-

gesse maternelle, qui lui est réservée, et alors ce sont des acclamations de bonheur, des transports qui ravissent le cœur de celle qui a si bien su deviner les goûts de ses petits convives.

Citons à ce propos la charmante ballade de Hebel, intitulée le *Chant d'une mère* :

« Il dort, il dort; il est là comme un petit prince. Cher ange, je t'en prie, ne t'éveille pas. Dieu, prends soin de mon enfant dans son sommeil!

Ne t'éveille pas, ne t'éveille pas. Ta mère s'en va tout doucement, ta mère s'en va avec amour chercher un petit arbre dans la chambre.

Qu'y a-t-il aux branches de cet arbre? Un beau gâteau, une chèvre, un petit bœuf, des fleurs roses, et jaunes et blanches; tout cela en sucre fin.

C'est assez, tendre mère! trop de douceur peut faire mal. Donne avec mesure, comme le bon Dieu qui a fait ceci.

Qu'y a-t-il encore sur cet arbre? Un beau mouchoir rouge et blanc. O mon enfant! que Dieu te garde, que Dieu te garde des larmes amères !

Qu'y a-t-il encore? Un joli petit livre, enfant, un livre avec des images de saints et de bonnes prières.

A présent, va, réjouis-toi, il ne manque plus rien de bon. Que vois-je? une verge ! la voilà.

Elle ne te fait pas plaisir. Mais une mère a le cœur tendre; elle enveloppe cette verge de soie et de rubans.

Tout est disposé avec soin ; le petit arbre est beau comme un arbre de mai, et le Noël des enfants dure jusqu'au jour.

Mais voilà que le garde de nuit annonce la onzième heure. Comme le temps passe!

Que le Seigneur te protége et te donne une autre fête! Le Christ aime les petits enfants et il leur sourit. Tâche d'être sage comme lui! »

*
* *

C'est un arbre vert, — un bel arbre vert.

Vert du moins en apparence, car ce qu'on prend de loin pour un feuillage printanier pourrait bien n'être que du papier peint. Mais à distance et avec l'illusion !...

L'arbre en question est du haut en bas chargé de hochets qui brillent, miroitent, attirent.

Il y en a de toutes les formes et de toutes les espèces.

Tous clinquants, tous tant soit peu frelatés.

Si l'on y regardait de près, on en verrait l'inutilité, la futilité.

Mais l'or qui scintille par dessus fait tout passer.

Aussi faut-il voir les yeux de convoitise que jette la galerie sur ces joujoux. Aussi faut-il voir les mains ardentes de désir qui s'étendent pour essayer de les saisir.

— A moi !... A moi !... A moi ! crient en même temps toutes les voix tremblantes d'émotion.

Oh ! le *moi !* quelle belle chose !

Comme il donne bien sa note dans ce concert.

Puis toujours répétant : *A moi !* — comme pour sonner l'hallali de cette curée, — chacun s'est élancé soudain.

C'est à qui, naturellement, arrivera avant son voisin pour s'emparer des hochets ambitionnés.

Et l'assaut commence aussitôt.

Assaut terrible, endiablé, sans paix ni trêve...

— A moi !... toujours à moi !...

Et les petits se glissent entre les jambes des plus grands pour tâcher d'obtenir par l'adresse ce qu'ils ne peuvent conquérir par la vigueur.

Et les plus grands passent, sans se gêner, par-dessus les plus petits pour les empêcher de s'emparer des joujoux souhaités.

Il en est même qui, abusant de leur force, arrachent des mains qui l'avaient déjà choisi, le jouet fragile.

Malheur aussi à qui se laisse tomber !

Car plus d'un marchera, sans seulement y prendre garde, sur ceux qui ont eu la maladresse de se laisser choir.

Être à terre est, en pareil cas, une si fâcheuse situation !

Non pas que quelques-uns ne soient prêts à tendre la main aux tombés, mais ces quelques-uns là ne peuvent souvent pas le faire, et souvent ce sont les plus faibles qui sympathisent avec la faiblesse des autres.

Le pillage continue cependant.

Tous les hochets sont enlevés.

D'où vient donc que ceux qui les ont conquis n'ont pas, la plupart du temps, l'air plus joyeux pour cela ?

C'est qu'au bout de peu de temps ils se sont, — avec une inconstance trop commune — lassés de leur jouet.

C'est qu'ils en ont reconnu la vanité. C'est que souvent ils l'ont cassé pour regarder *ce qu'il y avait dedans* et que dedans il n'y avait rien !...

Et les mécomptes sont nombreux, hélas ! et de nombreux cris retentissent, des cris qui cette fois sont des plaintes.

Mais il est trop tard.

L'Arbre est dépouillé !

Tant pis !... ...

Tu me demandes maintenant, ami lecteur, de quoi j'ai entendu parler ici.

— De quoi ?... Ne l'as-tu pas deviné déjà ? ces convoitises, ces hochets, ces...

— En effet ! Il s'agit de l'*Arbre de Noël*, cher aux enfants !

— A moins, lecteur ami, qu'il ne s'agisse de l'*Arbre de la vie*, amer aux hommes.

PIERRE VÉRON.

*
* *

En France, l'usage de l'arbre de Noël est peu répandu ; mais en revanche, les enfants ont ce que l'on appelle : le *Sabot de Noël* :

Enfants, Dieu va clore l'année
Et la rappeler dans le ciel ;
Demain, sous votre cheminée,
Cherchez le sabot de Noël.

— « Avec sa voix harmonieuse,
Qui nous dit ce refrain joli ?
Vous savez bien, enfance heureuse,
Que c'est la vierge Noëli.

C'est elle qui vient près de l'âtre,
Le soir, pendant que vous dormez,
Préparer de sa main d'albâtre,
Pour vous des bonbons parfumés.

Endormez-vous dans votre couche
Aux rideaux blancs garnis de bleu,
Enfants, pourvu que votre bouche
Se ferme en priant le bon Dieu.

Si vous faites votre prière,
Prière pour les malheureux,

Un ange sur votre paupière
Glissera son duvet soyeux.

C'est l'ange ennemi du mensonge,
C'est le messager Ariel,
Qui vous dira dans un doux songe :
— Voici la vierge de Noël.

La voyez-vous blanche et parée
De l'arc-en-ciel aux sept couleurs ?
Elle descend de l'Empirée,
La main toute pleine de fleurs.

Elle arrive mystérieuse,
Pendant la nuit, à petits pas;
Enfants, dormez, elle est heureuse;
Enfants, ne vous réveillez pas.

Laissez-la faire son ouvrage ;
Ses pieds mignons marchent sans bruit.
Ses mains qu'anime le courage
Travailleront toute la nuit.

Noëli, votre souveraine,
Sculpte, à l'heure où l'enfant s'endort,
Un sabot dans du bois de frêne,
Avec son petit couteau d'or.

Elle taille, retaille et creuse
Ce bois noirci par les charbons;
Pour rendre votre âme joyeuse
Sa main l'emplira de bonbons.

Dormez, enfants, dans votre couche,
Jusqu'à demain, jusqu'au réveil ;
Votre mère, sur votre bouche,
Mettra le sourire vermeil.

Enfants, Dieu va clore l'année
Et la rappeler dans le ciel;
Demain, sous votre cheminée,
Cherchez le sabot de Noël.

                                        BARRILLOT.

HYACINTHE. — JEU.

Un jour qu'Apollon jouait au palet avec le bel Hyacinthe, il eut le malheur de frapper mortellement le
jeune homme au front. Le dieu, désespéré, voulut im-
mortaliser son ami en la fleur qui porte son nom. Il
grava sur la corolle le cri de douleur qu'Hyacinthe
avait poussé en tombant : AI, c'est-à-dire HÉLAS ! J'ai
souvent cherché ces deux lettres dans les hyacinthes,
je n'ai jamais pu les découvrir, par une raison bien
simple, je crois : c'est qu'elles n'existent pas !

*
* *

'Le *jeu* est le dissipateur du bien, la perte du temps, le gouffre
des richesses, l'écueil de l'innocence, la destruction des sciences,
l'ennemi des muses le père des querelles.

J.-J. ROUSSEAU.

IF. — TRISTESSE.

C'est à sa verdure sombre que cet arbre doit son emblème. On a dit bien du mal de lui, je crois qu'il a été calomnié. On prétend que son suc est dangereux et qu'il faut bien se garder de dormir à son ombrage. Moi, je prends la défense de l'if à cause de sa docilité : sous la main d'un adroit jardinier, il prend les formes les plus variées et les plus élégantes; ici c'est une pyramide, là un vase, plus loin des berceaux délicieux.

Je n'aime point les arbres toujours verts. Il y a quelque chose de noir dans leur verdure, de froid dans leur ombrage, de pointu, de sec et d'épineux dans leurs feuilles. Comme d'ailleurs ils ne perdent rien et n'ont rien à craindre, ils me paraissent insensibles, et par conséquent m'intéressent peu.

JOUBERT.

La *tristesse* ronge pour ainsi dire l'âme et le corps; il faut donc la chasser autant qu'il est possible.

IMPÉRIALE (COURONNE). — PUISSANCE.

La Couronne Impériale a été, comme le lis, comme la violette, comme l'œillet rouge, une fleur *politique*. Les vers qui suivent expliquent son emblème :

> Attribut du pouvoir et compagne du trône,
> Reine des autres fleurs, qu'éclipse ma couronne,
> Je suis fière de mes couleurs;
> Car de leur vif éclat, ma plus belle parure,
> Je forme une auréole étincelante et pure,
> Pour la tête des Empereurs.

* *
*

Toute *puissance* vient de Dieu, et tout ce qui vient de Dieu n'est établi que pour l'utilité des hommes.

MASSILLON.

* *
*

On doit se taire sur les *puissants* : il y a presque toujours de la flatterie à en dire du bien ; il y a du péril à en dire du mal pendant qu'ils vivent, et de la lâcheté quand ils sont morts.

LA BRUYÈRE.

IRIS. — MESSAGE, BONNE NOUVELLE.

Iris (c'est-à-dire, en grec, arc-en-ciel), était l'heureuse messagère des dieux ; elle ne leur portait que de bonnes nouvelles.

Les iris doivent leur nom aux couleurs éclatantes et variées de leur corolle, qui nous rappellent l'arc-enciel.

A voir cette écharpe fugitive et nuancée de mille

teintes, tantôt suspendue entre le ciel et la terre, et tantôt figurant un magique arc de triomphe au milieu des champs ou des lacs, on comprend que nos premiers pères aient immédiatement rattaché à la divinité cette admirable apparence.

Pour les Grecs, nourris de riantes pensées, l'arc-en-ciel, présage d'un message céleste, était la robe d'Iris. Ce tissu léger leur annonçait le corps diaphane d'une déesse ; cet aspect riant réveillait l'espoir d'une bonne nouvelle, et leur gracieuse imagination festonnait de pensées séduisantes ces bandes colorées qui sillonnaient le cristal de l'Olympe.

*
* *

Vers la fin d'un beau jour, ou bien après l'orage,
Lorsqu'il vous arrive de voir
Un arc étincelant briller sur un nuage,
N'en concevez jamais un sinistre présage :
Dites-vous seulement : c'est Iris qui voyage.

DEMOUSTIER.

*
* *

Lève les yeux : — aux jours d'orage,
Au fond du ciel ne vois-tu pas
Un astre éclatant, plein d'appas,
Que n'obscurcit aucun nuage ?

Regarde à l'heure du tourment,
Et tu connaîtras sa puissance !
Ce bel astre, — c'est l'Espérance !
Qui toujours brille au firmament.

Oh ! l'Espérance est douce chose !
L'Espérance !... c'est le flambeau
Qui fait voir le présent plus beau,
Et l'avenir.. couleur de rose !...

H. GALLEAU.

JACINTHE. — BIENVEILLANCE.

Qu'est-ce que la bienveillance ? C'est un air gracieux, c'est un abord aimable, une disposition à faire plaisir, un je ne sais quoi qui attire la confiance. L'aspect de la jacinthe est gracieux, sa couleur est agréable, son odeur est douce ; on en a fait le symbole d'une qualité assez rare et pourtant bien utile dans la société.

⁎

Compâtir aux erreurs des hommes, être indulgent pour leurs faiblesses, former leur esprit, traiter *doucement* leurs maladies morales, soutenir les faibles, adoucir les forts, calmer les passions aigries, enfin contribuer de tous nos moyens à rendre heureux les hommes que la nature fit égaux et frères : tels sont les devoirs doux et sacrés de la *bienveillance*.

⁎

La modeste et douce *bienveillance* est non-seulement une vertu, un devoir, un sentiment, un plaisir ; elle est encore souvent une puissance qui donne plus d'amis que la richesse, et plus de crédit que le pouvoir. Cᵗᵉ DE SÉGUR.

⁎

Il y a des cœurs dont la *bienveillance* seule a plus de rayons que l'affection de beaucoup d'autres, comme la lune de Naples est d'un plus doux éclat que maints soleils.

Mᵐᵉ Swetchine.

L'ingratitude de quelques-uns ne doit pas borner notre *bien-veillance;* est-ce que Dieu mesure ses bienfaits à notre valeur ?

JONC. — DOCILITÉ.

Le jonc se courbe et se plie au moindre effort, de là sa signification.

L'expérience, enfants, hélas! est un grand maître,
Laissez venir le temps, le temps vous l'apprendra.
Vous vieillirez aussi; mais avant de connaître,
Oh ! laissez-vous guider, le ciel vous bénira.

Lorsqu'on n'a pas appris à obéir dans son enfance, on apprend, hélas! à obéir dans son âge mûr. Triste obéissance que celle-là : l'obéissance aux événements, à la force, au succès, à l'opinion. Les fils soumis font les fermes citoyens. Il n'est rien de tel que d'avoir fléchi à propos pour ne pas fléchir à tout propos. De même que la dépendance vis-à-vis des hommes, de même, la soumission à la juste autorité des parents sert de base aux fortes résistances que rencontrent les autorités injustes. Personne ne s'avilit en obéissant à son père, en sacrifiant une préférence à un devoir; les âmes ainsi exercées, ainsi forgées sont celles qui comprennent le mieux la dignité humaine. Le devoir qui nous apprend à courber la tête nous apprend aussi à la relever.

De Gasparin.

LAURIER. — GLOIRE.

Voici un arbre qui pourrait être fier, car il a eu tous les genres d'honneur. Chez les deux plus grands peuples de l'antiquité, ses feuilles ornèrent tour à tour le front des poètes, des philosophes, des empereurs et des guerriers !

Lorsque le feu des Vestales était éteint, on le rallumait en frottant deux morceaux de bois de laurier l'un contre l'autre. Ceux qui consultaient les oracles, ceux qui prédisaient l'avenir étaient couronnés de lauriers ; le trépied d'Apollon était en bois de laurier. On le plantait à la porte du palais des Césars et l'on prétendait que ses rameaux garantissaient de la foudre ; on disait même que quelques-unes de ses feuilles, placées sous l'oreiller, procuraient des songes agréables. Je ne sais pas si cette dernière propriété est véritable, mesdemoiselles, j'en doute même ; mais si vous voulez que je vous indique une recette infaillible pour obtenir ce résultat, je vous dirai : ne vous couchez jamais sans avoir fait une bonne action. Le souvenir de petits

enfants qui avaient faim et à qui vous aurez donné du
pain, qui avaient froid et que vous aurez réchauffés,
sera pendant votre sommeil comme un talisman précieux qui vous donnera de doux et d'heureux songes.

Aujourd'hui, le laurier ne jouit plus d'une aussi
grande faveur parmi nous; lui, le portier des Césars,
comme l'appelait Virgile, l'arbre d'Apollon, l'arbre
des poètes et des triomphateurs, ne sert plus guère
qu'à..... relever une sauce et à décorer les jambons !

Pourtant, ne soyons pas injustes, de nos jours encore
le laurier est consacré à la gloire littéraire et aux fa-
voris des Muses. On nomme *lauréats* ceux qui rem-
portent des prix dans les académies; et les *couronnes*,
qui ont tant de fois orné vos fronts, le jour des dis-
tributions de prix, se composaient de feuilles de laurier.

*
* *

Mais le temps? — Il n'est plus. — Mais la *gloire*? Eh! qu'importe
Cet écho d'un vain nom qu'un siècle à l'autre apporte ;
Ce nom, brillant jouet de la postérité ?
Vous qui de l'avenir lui promettez l'empire,
Écoutez cet accord que va rendre ma lyre...
     Les vents déjà l'ont emporté !

Ah ! donnez à la mort un espoir moins frivole.
Eh quoi ! le souvenir de ce son qui s'envole
Autour d'un vain tombeau retentirait toujours ?
Ce souffle d'un mourant, quoi ! c'est là de la gloire ?
Mais vous qui promettez les temps à sa mémoire,
     Mortels, possédez-vous deux jours ?

J'en atteste les dieux ! Depuis que je respire
Mes lèvres n'ont jamais prononcé sans sourire
Ce grand nom, inventé par le délire humain;
Plus j'ai pressé ce mot, plus je l'ai trouvé vide,
Et je l'ai rejeté, comme une écorce aride
     Que nos lèvres pressent en vain.

Dans le stérile espoir d'une gloire incertaine,
L'homme livre, en passant, au courant qui l'entraîne
Un nom de jour en jour dans sa course affaibli ;
De ce brillant débris le flot du temps se joue :
De siècle en siècle il flotte, il avance, il échoue
    Dans les abîmes de l'oubli.

LAMARTINE.

La *gloire* que les hommes donnent et reçoivent est courte ;
elle passe comme la fleur des champs, et la tristesse l'accompagne toujours.

IMITATION.

Tant que vous n'aurez que cette *gloire* où le monde aspire,
le monde vous la disputera : ajoutez-y la gloire de la vertu ; le
monde la craint et la fuit, et le monde pourtant la respecte.

MASSILLON.

La vraie philosophie ne consiste pas à fouler aux pieds la
gloire, mais à n'en pas faire dépendre son bonheur, même en
tâchant de la mériter.

D'ALEMBERT.

LAURIER-AMANDIER. — PERFIDIE.

Le laurier-amandier est le symbole de la perfidie,
parce que ses feuilles et ses fruits, qui ont l'odeur de
l'amande, renferment un poison assez violent.

LIERRE. — AMITIÉ

Saluons avec respect ! Voici le lierre, le véritable symbole de l'amitié constante et généreuse, la plante qui a le droit de porter cette belle devise : je meurs où je m'attache.

Mais à quoi le lierre s'attache-t-il de préférence ? surtout aux arbres malheureux, aux vieux troncs usés par les années, et lorsque la mort même a frappé son protecteur, il le rend encore l'honneur des forêts où il ne vit plus : il le fait renaître en décorant ses mânes de guirlandes de fleurs et de festons d'une verdure éternelle.

*
* *

Aucun bien n'est égal à la tendre *amitié;*
Un homme sans amis n'existe qu'à moitié.

FRÉVILLE.

*
* *

Quand *l'amitié* chrétienne, au chemin de la vie,
Vient à nous comme l'ange au seuil du vieux Tobie,
Le voyageur prudent, sous le voile mortel,
Reconnaît sans effort le divin Raphaël.
Un ami selon Dieu, loin d'abaisser notre âme,
L'élève vers le ciel, la réchauffe, l'enflamme;
Il affermit nos pas dans la route du bien;
Il est notre conseil, il est notre gardien.
Jamais aux mauvais jours sa fidèle tendresse
Ne ressemble au roseau qui se brise et nous blesse;
Heureux de nos succès, triste de nos revers,
Nous retrouvons en lui nos sentiments divers.
Si c'est là le portrait de celui qui vous aime,
Oh ! qu'il soit à vos yeux une part de vous-même!
Vous avez découvert un immense trésor !
Vous possédez un bien plus précieux que l'or !

H. VIOLEAU.

*
* *

L'amitié est un ange consolateur que le ciel a laissé sur la terre pour adoucir les amertumes de la vie.

❦❦❦❦❦❦❦❦❦

LIS. — PURETÉ, MAJESTÉ.

Par sa tige élevée et superbe qui semble dominer les autres fleurs, le lis est le symbole de la majesté :

Il est le roi des fleurs, dont la rose est la reine.

D'une blancheur éblouissante, il est l'emblème de la pureté. Dieu, le Seigneur, de toutes les fleurs s'est choisi le lis, dit l'Écriture.

Pendant longtemps la France a été appelée l'Empire des lis. De vieilles légendes disent qu'un ange présenta un lis à Clovis le jour même où il remporta la bataille de Tolbiac et résolut d'embrasser le christianisme. Charlemagne ordonna que des lis et des roses fussent plantés dans ses jardins. La cotte d'armes de nos anciens rois était bleue et parsemée de fleurs de lis d'or.

Cependant il est peu certain que les trois signes qui se voient dans l'écusson de nos rois soient des fleurs de lis. On a beaucoup disserté sur ce point : les uns ont cru que ces signes représentaient le crapaud qui formait le cimier du casque de Pharamond ; d'autres, les abeilles d'or que l'on découvrit dans le tombeau de Childéric à Tournai, en 1655 ; enfin, on leur trouva beaucoup plus de ressemblance avec la fleur de l'iris, qu'avec le lis. Louis VII sema de ces signes son écu, son sceau et ses monnaies ; Philippe-Auguste, son éten-

dard. Saint Louis semble avoir voulu reconnaître que
ces signes représentaient les fleurs du lis, lorsqu'il prit
pour devise une marguerite et des lis, par allusion au
nom de la reine sa femme et aux armes de France. Il
fit faire une bague, sur laquelle un relief en émail représentait une guirlande de lis et de marguerites ; une
croix était gravée sur un saphir placé en chaton, avec
ces mots : « Hors cet annel, pourrions-nous trouver
amour ? » C'était ainsi que cet admirable prince savait
exprimer qu'il n'aimait que la religion, la France et
son épouse.

Jusqu'à Charles V, les armoiries des rois, qui étaient
aussi celles de la France, furent semées de fleurs de lis
sans nombre ; Charles VI les fixa à trois sur un champ
d'azur, telles qu'on les a vues dans les armes de France
jusqu'en 1830.

*
* *

Citons à propos du lis un souvenir qui s'y rapporte.

Le poète Roucher ayant voulu s'opposer aux excès de la Ré-
volution, périt sur l'échafaud pendant la Terreur. Durant les
longues heures de captivité qui précédèrent sa mort, il aimait à
étudier les fleurs que sa fille lui envoyait de temps à autre.
Mais un jour, le poète infortuné renvoya à son enfant chérie
un *lis desséché.* Par là, il exprimait tout à la fois et la pureté de son âme et le triste sort qui lui était réservé. La veille
de sa mort, pour dernier souvenir, Roucher envoya son portrait à sa femme et à sa fille avec ces vers touchants qu'il avait
tracés au bas :

> Ne vous étonnez pas, objets sacrés et doux,
> Si quelque ombre funeste obscurcit mon visage :
> Lorsqu'un savant crayon dessina cette image,
> L'échafaud m'attendait et je pensais à vous.

*
* *

. S'il est quelque joie dans le monde, le cœur *pur* la possède.

Heureux ceux qui ont le cœur *pur*, parce qu'ils verront
Dieu.

*
* *

Sois *pure* sous les cieux ! comme l'onde et l'aurore,
Comme le joyeux nid, comme la tour sonore,
Comme la gerbe blonde, amour du moissonneur,
Comme l'astre incliné, comme la fleur penchante,
Comme tout ce qui rit, comme tout ce qui chante,
Comme tout ce qui dort dans la paix du Seigneur.

V. Hugo.

*
* *

La source d'eau vive.

Trois voyageurs se rencontrèrent près d'une source d'eau vive
placée au bord du chemin. Une large coupe de pierre recueillait
son eau, et le ciseau de l'ouvrier qui l'avait creusée y avait en
même temps gravé ces mots, adressés au passant : *Ressemble à
cette source.*

Leur soif étanchée, les trois voyageurs lurent l'inscription et
en cherchèrent le sens.

— C'est un conseil, dit le premier, qu'à ses guêtres de cuir,
à sa ceinture gonflée et au ballot qui chargeait ses épaules, on
pouvait reconnaître pour un riche marchand; la source coule
toujours, elle va au loin, elle se grossit en route de mille ruisseaux qui en font une rivière, et semble nous dire par son
exemple : sois actif, ne t'arrête jamais et tu prospéreras !

Le vieillard qui portait à la main un livre secoua la tête.

— Il y a ici une leçon plus haute, dit-il; cette fontaine qui
s'offre à tous les altérés sans leur demander ni payement, ni
reconnaissance, dit clairement aux hommes : Fais le bien pour
l'amour du bien, et ne cherche aucune récompense au dehors
de toi-même.

Les deux voyageurs se turent : le troisième gardait le silence.
C'était un adolescent aux cheveux blonds, qui se séparait pour
la première fois de sa mère. Ses compagnons le prièrent de

donner aussi son explication; alors il baissa les yeux, rougit beaucoup, puis s'enhardissant :

— Moi, dit-il, l'inscription de la source me dit autre chose ! Qu'importerait l'éternel mouvement de cette onde et le flot qu'elle offre à notre soif si quelque corruption l'avait souillée ! Ce qui fait son prix, c'est seulement sa limpidité ! Nous inviter à lui ressembler ce n'est point faire appel à notre diligence ou à notre libéralité, mais c'est nous dire de conserver notre âme assez *pure* pour refléter comme cette source d'eau vive toutes les fleurs de la terre et tous les rayons du ciel.

Magasin Pittoresque.

LISERON DES CHAMPS. — HUMILITÉ.

Sans appui et sans soutien, cette charmante petite fleur *ramperait* toujours sur la terre.

*
* *

Une goutte d'eau tomba des nues dans les abîmes de la mer ; mais en voyant les flots s'agiter dans leurs gouffres béants, elle se dit, saisie de honte et de tristesse : Hélas ! que suis-je en face de cette immensité ? Hier, je brillais dans les nuages, aujourd'hui la fleur légère qui flotte sur ces eaux est beaucoup plus que moi.

Mais le roi des cieux, touché de sa douce plainte, la revêtit d'une robe de noblesse, et la déposa dans une coquille où elle fut changée en pierre précieuse; elle finit par briller sur la couronne d'un roi.

Dieu élève les *humbles.*

Fable arabe.

*
* *

En considérant la faiblesse de l'homme, la fragilité de sa vie, les souffrances dont il est assailli de toutes parts, les ténèbres de sa raison, les incertitudes de sa volonté inclinée au mal dès l'enfance, on s'étonne qu'un seul mouvement d'orgueil puisse s'élever dans une créature si misérable. L'orgueil a perdu l'homme, l'*humilité* le relève et le rétablit en grâce avec Dieu.

N'oublions jamais que nous ne sommes rien, que nous ne possédons en propre que le péché, que la justice veut que nous nous abaissions au-dessous de toutes les créatures, et que, dans le royaume de Jésus-Christ, les premiers seront les derniers, et les derniers seront les premiers.

LAMENNAIS.

LUZERNE. — VIE.

La luzerne, plante très *vivace*, occupe longtemps le même terrain; mais quand elle l'abandonne, c'est pour toujours. Voilà sans doute pourquoi on en a fait l'emblème de la vie.

La *vie*, comme l'eau de la mer, ne s'adoucit qu'en s'élevant vers le ciel.

J. P. RICHTER.

L'âme fidèle ne peut regarder la *vie* présente que comme un court passage à une meilleure. Elle doit supporter patiemment les misères de l'une et soupirer avec ferveur après les délices de l'autre.

FÉNELON.

L'homme n'a pas été placé uniquement sur la terre pour y *vivre*, mais pour y grandir, pour y déployer, selon les lois et les desseins de Dieu, les richesses et les forces de sa nature.

GUIZOT.

Cette *vie* n'est que le berceau de l'autre.

JOUBERT.

Il est des âmes limpides et pures où la *vie* est comme un rayon qui se joue dans une goutte de rosée. Id.

> On entre, on crie
> Et c'est la *vie!*
> On crie, on sort
> Et c'est la mort.

EDMOND TEXIER.

MANCENILLIER. — FAUSSETÉ.

Tous les dehors de cet arbre d'Amérique sont flatteurs ; mais il faut se défier de ses trompeuses apparences. On dit que le voyageur imprudent qui se repose et dort sous son ombrage ne se réveille plus, et que celui qui se laisse séduire par le parfum et les couleurs vives de ses fruits, qui ressemblent à des pommes d'api, périt au milieu des plus affreuses douleurs ; on assure aussi qu'autrefois les indigènes empoisonnaient leurs flèches, en les trempant dans le suc qui découle de son tronc abattu. Ajoutons, pour être juste, que les naturalistes contestent aujourd'hui ces affirmations. Un savant a mangé une pomme de mancenillier sans l'ingérer dans l'estomac, et cette expérience n'a pas eu d'autre résultat que de produire sur la langue et dans l'intérieur de la bouche, une multitude de petits boutons. Il a fallu quatre grammes du suc qui découle du tronc pour faire mourir un chien au bout de neuf heures. Enfin, disons qu'un jeune mousse a été cruellement puni pour avoir mangé une pomme ; mais que la mort ne s'en est pas suivie.

La *fausseté* ne peut longtemps se soutenir : elle n'a qu'un instant pour tromper.

* * *

Celui dont le cœur est *faux* et la marche tortueuse est souvent pris dans ses filets.

Mme DE RENNEVILLE.

MARGUERITE (PETITE). — INNOCENCE.

Ah! oui, c'est bien elle, la fleur tant aimée des enfants, la fleur de l'innocence. Quelle est la jeune fille qui ne se rappelle avec attendrissement le jour heureux, où, pour la première fois, elle tressa une couronne de marguerites à sa mère. Qui dira le bonheur de cette mère, lorsque feignant de ne rien voir elle se fait bien petite, bien petite, afin que son cher ange, qui tient la couronne d'un air mystérieux, puisse la déposer sur sa tête et lui dire : « Maman, c'est pour toi, si tu savais comme tu es belle ainsi ! »

Moi je m'appelle Marguerite,
L'étoile blanche des prés verts ;
Je suis frileuse et je n'habite
Que les endroits d'herbe couverts.
Je vis bien peu, pauvre fleurette,
Car de mon sort indifférent,
L'homme effeuille ma collerette
Dès qu'il me prend.

LALUYÉ.

Souvent, en effet, les enfants s'amusent à consulter la marguerite comme un oracle : lorsqu'une jeune fille est séparée d'une amie de pension, d'une compagne

chérie, elle interroge cette fleur, et lui demande le
degré d'affection qu'a pour elle la chère absente.

> On dit, mignonne Marguerite,
> Que tu sais les secrets du cœur.
> M'aime-t-on ? réponds-moi bien vite,
> Réponds, Marguerite, ma sœur.
>
> Effeuille, enfant, de ma corolle
> Chaque pétale, dit la fleur.
> La dernière feuille qui vole
> Te dira le secret du cœur.
>
> Mme BLANCHARD.

Ne croyez pas, mesdemoiselles, à cette propriété de
la marguerite. Nulle fleur ne pourra jamais vous apprendre si vous êtes aimées de vos amies ou des personnes qui vous entourent. Pour le savoir, il y a un
oracle infaillible que vous pouvez consulter : c'est
votre cœur. Descendez en vous-mêmes, et demandez-
vous si vous possédez les qualités qui commandent et
inspirent l'affection, telles que : la bienveillance, la
douceur, le dévouement, la bonté, et si vous obtenez
une réponse affirmative, oh ! alors, réjouissez-vous,
vous êtes aimées. Il faut se faire aimer, a dit un pen-
seur, car les hommes ne sont justes qu'envers ceux
qu'ils aiment. Les méchants doivent être des malheureux que personne n'a aimés, a écrit quelque part madame Ancelot.

Lorsque Dieu forma la rose, il dit : tu fleuriras et tu
répandras ton parfum ; lorsqu'il ordonna au soleil de
sortir du chaos, il ajouta : tu éclaireras et tu échaufferas
la terre ; lorsqu'il donna la vie à l'alouette, il lui en-
joignit de s'élever en chantant dans les airs ; lorsqu'enfin, il créa l'homme, il lui dit *d'aimer.*

> Aimer ! voilà le mot qu'ont déchiffré les hommes
> Dans le livre divin de la création.

Légende de la pâquerette.

Les bergers et les mages se trouvèrent ensemble autour de la crèche ; les bergers offrirent à Jésus ce qu'ils possédaient : des fleurs des champs ; les rois entourèrent le divin berceau d'or, d'argent et de pierreries. A cette vue, les bergers devinrent tristes et ils se dirent entre eux :

Ces hommes avec leurs riches présents vont faire oublier et dédaigner les nôtres, qui ne sont que de pauvres fleurs !

Le petit Jésus devina sans doute la pensée des bergers, car aussitôt il repoussa l'or de son pied et ramassant une pâquerette qui était près de lui, il la porta à sa bouche et la baisa. A dater de ce jour, les pâquerettes qui auparavant étaient toutes blanches, eurent des étamines dorées, et l'extrémité de leurs feuilles devint rose.

*
* *

Du sein de Dieu dans ces lieux descendue,
J'y fais régner la paix et le bonheur.
L'âme, sans moi, de tristesse éperdue,
Ignore tout, excepté la douleur.
Le triste cœur qu'afflige mon absence
Doit mon retour aux pleurs du repentir.
Fille du ciel, on me nomme *innocence*.
Entre mes bras qu'il est doux de mourir !

Modelon.

❀❀❀❀❀❀❀❀❀❀❀

MARRONNIER. — LUXE.

Cet arbre, qui nous vient de l'Asie, ne fournit presque rien à l'industrie, aux arts et au commerce ; ses fruits sont inutiles ; cependant, dit M. Audouit, gardons-nous de le dédaigner. N'est-il pas un des premiers à nous faire goûter les jouissances printanières, en étalant sous les rayons du soleil d'avril son magnifique feuillage, d'où s'élève bientôt une infinité de pyramides gracieuses et odorantes. Arbre des promenades, des châteaux et des parcs, n'est-il pas le principal gardien de ces souvenirs que nous aimons tant à retrouver dans le cours de notre vie?

Le luxe est une des grandes plaies de notre époque, et dans un discours fameux prononcé au sénat le 22 juin 1865, M. Dupin l'a flétri en termes énergiques : « La Fontaine, dit-il, dans une de ses fables, se moque de la grenouille qui veut se faire aussi grosse qu'un bœuf ; mais, avec les modes d'aujourd'hui, la grenouille y parviendrait. Il suffirait à cette pécore d'ajuster autour de sa taille ces dimensions élastiques qui la feraient aussi grosse que le modèle auquel elle veut atteindre. L'exagération du luxe et l'excès des toilettes jettent tout le monde hors de ses voies, etc., etc. » Mais, hélas ! malgré toute l'éloquence du spirituel procureur général, les femmes, de longtemps encore, je le crains bien, ne pourront dire comme la *fée des campagnes* que je leur propose pour modèle :

Moi, pour rafraîchir ma toilette,
J'ai dépouillé les verts sentiers ;
J'ai poursuivi la violette,
Dans son nid, sous les églantiers.

Des papillons coupant les ailes,
Je m'en suis fait un éventail ;
Aux cuirasses des coccinelles
Je dois mon collier de corail.

J'ai trouvé mes boucles d'oreille
Dans la rosée, au fond des fleurs ;
J'ai pris au dragon qui sommeille
L'escarboucle aux mille couleurs.

La feuille du houx m'a peignée
Vers le miroir des étangs bleus ;
La dentelle de l'araignée
Sert de résille à mes cheveux.

PONSARD.

L'équilibre de votre budget vous permet-il du *luxe?* Sachez le bien choisir : il y a un luxe qu'on peut appeler vrai et moral ; un autre, faux et vicieux. D'abord, ce qui donne à l'intérieur de l'habitation un aspect agréable, ce qui fait qu'on aime à se trouver chez soi, est un luxe de bon aloi. La possession et la contemplation des œuvres d'art élèvent la pensée, entretiennent ou développent le sentiment du beau. Le bon goût dans les vêtements en fait ressortir les convenances et la propreté, ajoute la grâce à la simplicité, donne le cachet de la véritable élégance.

Le faux luxe ne vise pas à la beauté, mais à l'apparence ; il ne satisfait pas une tendance noble ; mais une petitesse d'amour-propre ; il se soucie peu de l'art, mais beaucoup de la mode ; il ne veut pas une chose parce qu'elle est belle, mais parce qu'elle est chère ; parce qu'elle est agréable, mais parce qu'elle est rare ! Entre tous les gens possédés par ce luxe laid et ruineux, il y a une éternelle course au clocher des vanités, des égoïsmes, des orgueilleuses ostentations, des excentricités de mauvais goût.

La préoccupation du bien-être et du luxe éloigne des goûts sérieux, produit des habitudes frivoles, des dissipations ruineuses, abâtardit les caractères, ruine dans le citoyen comme dans la famille l'esprit de dévouement et de sacrifice.

A. GRÜN.

MÉLISSE CITRONNELLE. — PLAISANTERIE, RAILLERIE.

On assure que l'eau de mélisse des Carmes a pour vertu, non seulement de calmer les nerfs, mais encore de dissiper la tristesse, l'inquiétude et de porter à la gaîté.

Il ne faut hasarder la *plaisanterie* la plus douce qu'avec des gens d'esprit.

LA BRUYÈRE.

Les *railleries* ne sont bonnes ni à faire ni à entendre. On ne peut être trop délicat ni trop scrupuleux sur cette matière : en effet, la charité n'est pas moins offensée dans celui qui écoute une raillerie avec plaisir, que dans celui qui la fait avec esprit.

FLÉCHIER.

MOUSSE. — AMOUR MATERNEL.

La mousse a reçu ce doux emblème parce qu'elle entre dans la composition d'un grand nombre de nids — et le nid est une création de l'amour maternel.

Aussitôt que les arbres ont développé leurs fleurs, mille ouvriers commencent leurs travaux. — Ceux-ci portent de longues pailles dans le trou d'un vieux mur, ceux-là maçonnent des bâtiments aux fenêtres d'une église, d'autres dérobent un crin à une cavale, ou le brin de laine que la brebis a laissé suspendu à la ronce. Il y a des bûcherons qui croisent des branches dans la cime d'un arbre, il y a des filandières qui recueillent la soie sur un chardon, le brin de mousse sur le sol. Mille palais s'élèvent, et chaque palais est un nid, chaque nid voit des métamorphoses charmantes : un œuf brillant, ensuite un petit, couvert de duvet. Ce nourrisson prend des plumes ; sa mère lui apprend à se soulever sur sa couche. Bientôt il va jusqu'à se pencher sur le bord de son berceau d'où il jette un premier coup d'œil sur la nature. Effrayé et ravi, il se précipite parmi ses frères, qui n'ont point encore vu ce spectacle ; mais rappelé par la voix de ses parents, il sort une seconde fois de sa couche, et ce jeune roi des airs, qui porte encore la couronne de l'enfance autour de sa tête, ose déjà contempler le vaste ciel, la cime ondoyante des pins et des abîmes de verdure au-dessous du chêne paternel.

CHATEAUBRIAND.

Oh ! l'amour d'une mère ! — Amour que nul n'oublie !
Pain merveilleux qu'un Dieu partage et multiplie !
Table toujours servie au paternel foyer !
Chacun en a sa part, et tous l'ont tout entier !

V. HUGO.

Le plus saint des devoirs, celui qu'en traits de flamme
La nature a gravé dans le fond de notre âme,
C'est de chérir l'objet qui nous donna le jour :
Qu'il est doux à remplir ce précepte d'amour !
Voyez ce faible enfant que le trépas menace :
Il ne sent plus ses maux quand sa mère l'embrasse :
Dans l'âge des erreurs, ce jeune homme fougueux
N'a qu'elle pour ami dès qu'il est malheureux ;
Ce vieillard qui va perdre un reste de lumière,
Retrouve encor des pleurs en parlant de sa mère.
Bienfait du Créateur, qui daigna nous choisir
Pour première vertu notre plus doux plaisir !

FLORIAN.

MUGUET. — RETOUR DU BONHEUR.

La perle parfumée, connue sous le nom de muguet, fleurit au mois de mai ; elle nous annonce le retour du printemps et par conséquent celui du bonheur.

> De mon frère le lis des bois
> Je n'ai pas le touchant emblème ;
> Mais le gazon connaît ma voix
> Et la brise me dit : « Je t'aime ! »
>
> J'embaume les lieux où je crois,
> Et la rosée à mon front blème
> Met des perles — comme les rois
> N'en ont pas à leur diadème.
>
> Aux premiers chants du rossignol,
> Je laisse courir sur le sol
> Mes petites clochettes blanches
>
> Qui disent à l'enfant rêveur :
> « Les bourgeons étoilent les branches,
> Voici le *retour du bonheur.* »
>
> A. SPINELLI.

*
* *

Printemps, « enfant chéri d'un frère âpre et orageux, » sois le bienvenu ! A ton approche, la nature doucement émue sort de son long sommeil et essaie son premier sourire.

Soyez les bienvenues, fleurs naissantes qui composez la couronne de cette aimable saison, et vous, blanches espérances qui formez son cortége ! Tout s'anime, tout fleurit, tout chante, le cœur comme la terre, et dans cette expansion universelle des êtres créés s'élève un hymne de reconnaissance vers le Créateur.

Quelles riantes idées, quelles heureuses promesses dans le nom seul du printemps ! Il résume ce que l'homme peut sentir et rêver de plus tendre : des fleurs, des champs, des parfums, n'est-ce pas là presque toute la poésie ? Aussi, lisez les poètes anciens et modernes ; leurs plus gracieuses images, leurs métaphores les plus attrayantes, c'est au printemps qu'ils les empruntent.

Au printemps se rattachent *toutes* les idées de jeunesse. Il est le matin de l'année comme l'été en est le midi, l'automne le soir, et l'hiver la nuit.

Le jeune homme compte ses ans par printemps, et le vieillard par hivers.

Le printemps est la saison des promesses, le temps de l'espérance. C'est la plus charmante époque de la vie ; on ne jouit pas, on fait plus, on espère !

MURIER. — PRUDENCE, SAGESSE.

Les feuilles du mûrier tardent longtemps à paraître ; c'est à cette circonstance que cet arbre doit son symbole.

Imitons la prudence du mûrier, mesdemoiselles, *mûrissons* nos projets avant de les exécuter, et dans toutes nos actions fuyons les excès et gardons une juste mesure.

La Fontaine a dit :

> Rien de trop est un point
> Dont on parle sans cesse et qu'on n'observe point.

*

Trop de repos nous engourdit,
Trop de fracas nous étourdit ;
Trop de froideur est indolence ;
Trop d'activité turbulence.

. . . .

Trop de remède est un poison.
Trop de finesse est artifice ;
Trop de rigueur est dureté ;
Trop d'économie, avarice,
Trop d'audace, témérité ;

Trop de bien devient un fardeau,
Trop d'honneur est un esclavage.
Trop de plaisir mène au tombeau.
Trop d'esprit nous porte dommage.
Trop de confiance nous perd.
Trop de franchise nous dessert,
Trop de bonté devient faiblesse,
Trop de fierté devient hauteur,
Trop de complaisance, bassesse,
Trop de politesse, fadeur.

PANARD.

*
* *

Il y a peu de vertus sans *prudence*.

CICÉRON.

*
* *

La *sagesse* est une science par laquelle nous discernons les choses qui sont bonnes à l'âme, et celles qui ne le sont pas.

JOUBERT.

*
* *

Un écolier presse une cerise entre ses lèvres et en rejette le noyau : un vieillard le relève et l'enfouit dans une terre labourée, aux yeux de l'enfant qui rit d'un tel soin.

Plus tard il repasse aux mêmes lieux et voit le noyau devenu arbuste. Le vieillard est encore là qui le taille, le greffe, le défend contre toute atteinte. — A quoi bon tant de fatigues ? pense l'adolescent.

Mais devenu homme, et longeant la route poudreuse, il retrouve l'arbre couvert de fruits qui le désaltèrent, et il comprend enfin la *prudence* du vieillard.

Qui de nous n'a point été cet enfant, cet adolescent et cet homme ? Combien de projets abandonnés sur la route, et qu'un plus prudent relève après nous ! La plupart des hommes vivent au hasard, sans songer que tout germe recueilli devient l'origine d'une moisson, et que la moindre de nos actions est *le noyau d'un cerisier*.

BOSSUET.

MYOSOTIS. — NE M'OUBLIEZ PAS.

Deux fiancés, la veille de leur union, se promenaient sur les bords du Danube. Tout à coup la jeune fille aperçoit, parmi les plantes de la rive, une gracieuse et gentille petite fleur d'un bleu céleste, et manifeste le désir de la posséder. Le jeune homme s'empresse d'aller la cueillir; mais en remontant, son pied glisse, et il est précipité dans le fleuve. On dit que, par un suprême effort, il put encore jeter la fleur sur le rivage, et avant de disparaître pour jamais, il s'écria : « *Ne m'oubliez pas!* »

*
* *

Sur mon front, — comme Marguerite, —
Je porte mon secret écrit ;
J'aime les étangs, et j'habite
Partout où l'eau se creuse un lit.

Ma fleur d'un bleu pâle, s'agite
Au moindre vent, au moindre bruit ;
Ma coupe d'or est si petite
Qu'une larme d'oiseau l'emplit.

Je n'ai ni parfum ni richesse,
Et, si près de moi l'on s'empresse,
Si l'on m'interroge tout bas,

C'est que ma corolle inquiète,
En songeant aux absents, répète
Ces trois mots : *ne m'oubliez pas.*

A. SPINELLI.

*
* *

Des fleurs je suis la plus petite,
L'azur du ciel est ma couleur ;
Du parfum je n'ai le mérite ;
Mais je sais le chemin du cœur.

Mᵐᵉ CLOTILDE BLANCHARD.

Voyez-vous cette fleur mignonne
Qui naît à l'abri du coteau ?
J'en veux tresser une couronne
Pour l'humble vierge du hameau.
J'aime sa coquette parure;
Son front brille comme un rubis;
Elle sourit sous la verdure :
On l'appelle *myosotis*.

Chaque matin dans son calice
Dépose un diamant vermeil;
Elle s'enivre avec délice
Des premiers rayons du soleil.
Simple fleur des champs, sa corolle
A reçu les noms les plus doux;
De l'amitié tendre symbole,
C'est la fleur du *souvenez-vous*.

Jeunesse rieuse et légère,
Apprenez quel fut son destin :
La beauté n'est que passagère
Et la fleur ne vit qu'un matin.
Le temps flétrit tout de son aile.
Le cruel, il n'épargne rien.....
Un jour vous passerez comme elle.
Pensez-y bien, pensez-y bien.

L'ABBÉ W. MOREAU.

MYRTILE ou AIRELLE. — TRAHISON.

Ænomaüs, roi de Pise, déclara qu'il ne donnerait
sa fille, la belle Hippodamie, qu'à celui qui le vain-
crait à la course du char. Pélops, qui voulait épouser
Hippodamie, gagna Myrtile, écuyer du roi, et l'engagea à ôter les chevilles du char de son maître. Le char
versa et le malheureux roi fut tué. Lorsque l'écuyer

6.

demanda ensuite au vainqueur le prix de sa perfidie, celui-ci le précipita dans la mer et quand les eaux eurent rejeté le corps du traître sur le rivage, Mercure le changea en la fleur appelée Myrtile.

.*.

La *trahison*, dans quelque circonstance que ce soit, ne peut jamais cesser d'être infâme.

Cte DE SÉGUR.

NARCISSE. — ÉGOÏSME.

Le beau Narcisse, un jour qu'il revenait de la chasse accablé de lassitude, de chaleur et de soif, s'approcha d'une fontaine pour se désaltérer. En se penchant, il aperçut son visage réfléchi par l'onde pure, il s'éprit tellement de sa beauté qu'il en perdit tout mouvement Les dieux, par pitié, le changèrent en la fleur qui porte son nom.

*
* *

Les vices forment une chaîne dont le premier anneau est l'*égoïsme*.

*
* *

L'*égoïste* est un triste fou qui se trompe; il s'isole, se prive d'appui, il s'égare sans compagnon et sans guide dans le labyrinthe de la vie.

DE SÉGUR.

*
* *

L'*égoïste* n'est jamais reconnaissant : il écrit à l'encre le mal qu'on lui cause, et au crayon le bien qu'on lui fait.

*
* *

Sans amis comme sans famille,
Ici-bas vivre en étranger ;
Se retirer dans sa coquille
Au signal du moindre danger ;
S'aimer d'une amitié sans bornes ;
De soi seul emplir sa maison ;
En sortir suivant la saison,
Pour faire à son prochain les cornes ;
Enfin, chez soi, comme en prison,
Vieillir de jour en jour plus triste,
C'est l'histoire de l'*égoïste*,
Et celle du colimaçon.

ARNAULT.

NYMPHŒA-LOTUS. — ÉLOQUENCE.

Cette plante (nelumbium speciosum) portait dans l'antiquité le nom de fève d'Égypte, de lis du Nil ou de Lotus ; on en mangeait les racines et les graines. Les Égyptiens avaient consacré la fleur de lotus à Osiris ou le soleil, et le soleil est le dieu de l'*éloquence*. Il était d'ailleurs d'usage de faire des couronnes de ces fleurs qui répandent une odeur suave ; on en déposait même dans les tombeaux.

Cette plante est regardée comme sacrée dans plusieurs parties de l'Inde, en Chine et au Japon. Les prêtres Bouddhistes la cultivent dans des vases précieux pour en orner leurs temples et leurs autels.

La véritable *éloquence* consiste à dire tout ce qu'il faut et à ne dire que ce qu'il faut.

LA ROCHEFOUCAULT.

C'est la religion qui, dans tous les siècles et dans tous les pays, a été la source de l'*éloquence*.

CHATEAUBRIAND.

Toute *éloquence* doit venir d'émotion, et toute émotion donne naturellement de l'éloquence.

JOUBERT.

ŒILLET (DE POÈTE). — FINESSE.

On ne s'accorde guère sur les emblèmes des diverses sortes d'œillets. L'un fait de l'œillet de poète, connu sous le nom de *bouquet tout fait*, le symbole de la finesse, l'autre celui du dédain. Qui a raison ? Je l'ignore. Il existe encore l'œillet mignardise qui signifie *enfantillage*, probablement parce que l'enfance s'en fait des parures et des jouets ; puis enfin, l'œillet rouge, qui signifie *sotte vanité* puisque, dit un malicieux écrivain, c'est grâce à sa couleur que certains hommes réussissent à faire croire à dix pas qu'ils sont décorés, et à faire voir à trois pas qu'ils sont des sots !

Deux souvenirs maintenant à propos de l'œillet, et qu'il n'est pas permis d'ignorer :

Le grand Condé se plaisait à cultiver lui-même cette charmante fleur ; c'est ce qui fit dire si agréablement à mademoiselle de Scudéry :

> En voyant ces œillets qu'un illustre guerrier
> Arrosa d'une main qui gagnait des batailles,
> Souviens-toi qu'Apollon bâtissait des murailles,
> Et ne t'étonne plus que Mars soit jardinier.

Ah! aimez-bien cette fleur, mesdemoiselles, car

> Lorsqu'une reine infortunée,
> Dans un cachot abandonnée,
> Du sort épuisait la rigueur,
> Messager discret et fidèle
> Un œillet fit encor pour elle
> Briller un moment de bonheur.

*
* *

La plus grande *finesse* est presque toujours de n'en point avoir.

LE GRAND CONDÉ.

*
* *

La *finesse* est une qualité dans l'esprit, et un vice dans le caractère.

DUBAY.

*
* *

La *finesse* est l'occasion prochaine de la fourberie ; de l'une à l'autre le pas est glissant : le mensonge seul en fait la différence ; si on l'ajoute à la finesse, c'est fourberie.

LA BRUYÈRE.

OLIVIER. — PAIX.

L'olivier a été le symbole de la *paix* depuis le jour où la colombe rapporta à Noé un rameau d'olivier dans son bec, comme un gage de paix entre Dieu et l'homme, entre le ciel et la terre. Ajoutons aussi que l'huile d'olive a la propriété *d'apaiser*, pour un moment, les flots irrités. Cet arbre si utile était consacré à Minerve, déesse de la sagesse.

*
* *

La *paix*, c'est l'ordre parfait, et le trouble, les discussions, la guerre, ne sont entrés dans le monde que par la violation de l'ordre ou par le péché; ainsi, point de paix où règne le péché; *point de paix dans l'homme* dont les pensées, les affections, les volontés ne sont pas en tout conformes à l'ordre ou à la vérité et à la volonté de Dieu; point de paix dans la société dont les doctrines et les lois s'écartent de la loi et des doctrines de Dieu; et quiconque, homme ou peuple, brise cette loi, nie ces doctrines, ne fût-ce qu'en un seul point, cet homme, ce peuple rebelle à Dieu, subit à l'instant le châtiment de son crime. Un malaise inconnu s'empare de lui : je ne sais quelle force désordonnée le pousse et le repousse en tous sens, et nulle part il ne trouve de repos : comme Caïn, après son meurtre, il a peur. Non, la paix n'est en effet que pour les enfants de Dieu: ils la goûtent en eux-mêmes et la répandent sur les autres ; elle coule, pour ainsi dire, de leur cœur, comme ces fleuves qui arrosaient l'heureux séjour de notre premier père au temps de son innocence.

LAMENNAIS.

OPHRISE-ARACHNÉ. — ADRESSE.

Cette fleur ressemble à une araignée, et *l'adresse* de cet insecte pour tendre et fabriquer ses filets est proverbiale.

Quelle présomption, quelle confiance en soi-même! Une jeune femme de Colophon, nommée Arachné, ose défier Minerve pour la broderie ; mais qui a jamais gagné à défier les dieux, les forts et les puissants! La déesse, irritée de sa défaite, frappe de sa navette la tête de la pauvre Arachné, qui se pend de désespoir et est changée aussitôt en cet animal que nous ne pouvons voir sans dégoût. Pourtant c'est de lui qu'il est question dans le quatrain suivant :

Arachné, si mes vers vivent dans la mémoire,
Ton nom de Pélisson partagera la gloire ;
On dira ton bienfait, ses vertus, ses malheurs,
Et ton sort avec lui partagera nos pleurs.

OPHRISE-MOUCHE. — ERREUR.

Cette fleur, de la famille des Orchidées, a une ressemblance assez frappante avec une mouche à miel.
Du reste, un grand nombre de fleurs de cette famille
ont des formes très bizarres; quelques-unes ressemblent à un singe à longue queue, d'autres à un sabot, etc., etc.

*
* *

L'*erreur* est une poussière qui sert à aiguiser et à polir les
armes de la vérité.

MILTON.

*
* *

Toute *erreur* est fondée sur quelque vérité dont on abuse

BOSSUET.

*
* *

L'*erreur* agite ; la vérité repose.

JOUBERT.

*
* *

La conscience est un juge qui éclaire notre âme pour la mettre
à portée de distinguer le bien du mal, la vertu du vice, et la
vérité de l'*erreur*.

DE SÉGUR.

ORANGER. — GÉNÉROSITÉ.

Tel l'or pur étincelle au milieu des métaux,
Tel brille l'oranger parmi les arbrisseaux.
Seul, dans chaque saison, il offre l'assemblage
De fruits naissants et mûrs, de fleurs et de feuillage.

Il y a deux sortes de *générosité* : l'une qui consiste à faire le plus de bien possible à nos frères, à donner tout ce que nous pouvons, et l'autre qui est la grandeur d'âme, la magnanimité; c'est de cette dernière qu'il est question dans les beaux vers suivants :

Après la bataille.

Mon père, ce héros au sourire si doux,
Suivi d'un seul housard qu'il aimait entre tous
Pour sa grande bravoure et pour sa haute taille,
Parcourait à cheval, le soir d'une bataille,
Le champ couvert de morts sur qui tombait la nuit.
Il lui sembla dans l'ombre entendre un faible bruit.
C'était un Espagnol de l'armée en déroute
Qui se traînait sanglant sur le bord de la route,
Râlant, brisé, livide, et mort plus qu'à moitié,
Et qui disait : « A boire! à boire par pitié! »
Mon père, ému, tendit à son housard fidèle
Une gourde de rhum qui pendait à sa selle,
Et dit : « Tiens, donne à boire à ce pauvre blessé. »
Tout à coup, au moment où le housard baissé
Se penchait vers lui, l'homme, une espèce de maure,
Saisit un pistolet qu'il étreignait encore,
Et vise au front mon père, en criant : « Caramba! »
Le coup passa si près que le chapeau tomba
Et que le cheval fit un écart en arrière.
« Donne-lui tout de même à boire, » dit mon père.

V. Hugo.

La fleur d'oranger.

Fleur d'oranger, fleur d'innocence,
Touffe neigeuse et fruit doré,
De moi, dans sa toute-puissance,
Dieu fit un symbole sacré.
Aussi de mes rameaux sans tache,
Sur son front pur, tout en tremblant,
La jeune fiancée attache
    Son voile blanc.

L. Laluyé.

⬥⬦⬥⬦⬥⬦⬥⬦⬥⬦⬥

ORTIE. — CRUAUTÉ.

Vous rappelez-vous combien de fois, en voulant cueillir des violettes cachées dans l'herbe touffue, vous avez
retiré votre petite main *cruellement* piquée par les
poils fins et pointus des feuilles de l'ortie? Fi des traî-
tres et des méchants, et des plantes qui leur ressemblent !

⬥⬦⬥⬦⬥⬦⬥⬦⬥⬦⬥

OUBLIE ou GRANDE LUNAIRE. — OUBLI,
MAUVAIS DÉBITEUR.

Les cloisons qui séparent les silicules presque ron-
des de cette plante, sont couleur de nacre, et ressemblent *un peu* à des médailles ou à des oublies ; de là
son nom et son emblème.

On lit au bas d'une estampe du xviie siècle, représentant un marchand d'oublies, le quatrain suivant :

Si tous les oublieux qui sont en cette vie
S'enrôlaient parmi nous dans notre confrérie,
Jamais corps de métier ne serait si nombreux
    Que celui des *oublieux*.

∗ ∗
∗

Un historien raconte que René, duc de Lorraine et de Bar, ayant été fait prisonnier dans une bataille, peignit un jour une branche *d'oublie*. Il la remit à un messager discret et fidèle et le chargea de la porter à ses gens. C'était un moyen ingénieux de leur reprocher leur indifférence à son égard et une muette prière de venir le délivrer.

∗
∗ ∗

Et sitôt que la mort nous a remis à Dieu,
Le souvenir de nous ici nous survit peu ;
Et poursuivant toujours... je disais qu'en la gloire,
En la mémoire humaine il est peu sûr de croire,
Que les cœurs sont ingrats, et que bien mieux il vaut
De bonne heure aspirer et se fonder plus haut,
Et croire en celui seul, qui, dès qu'on le supplie,
Ne vous fait jamais faute, et qui jamais *n'oublie*.

Sᵗᵉ BEUVE.

∗
∗ ∗

L'oubli va vite dans la famille des hommes : les petits-fils ont peine à reconnaître les images de leurs aïeux ; les générations se pressent et se précipitent chacune occupée d'elle-même, étrangère et indifférente à celle qui l'a précédée. Quelques grandes figures surnagent, que la gloire rend toujours présentes ; les autres s'en vont au néant, et les portraits qui en subsistent, s'ils ne sont accompagnés d'une inscription prévoyante deviennent bientôt d'indéchiffrables hiéroglyphes.

COUSIN.

∗
∗ ∗

Ah ! si nous rappelions à la vie quelqu'une de ces âmes qui nous ont quittés il y a quelques années, emportant comme une suprême consolation nos serments d'immortels souvenirs ; ou plutôt si Dieu leur permettait de revenir pour entendre le bruit qui se fait autour de leur nom, au lieu même où fut tout leur bonheur de la terre, qu'entendraient-elles, je vous prie ? Oui, si elles venaient, invisibles témoins, prêter l'oreille aux discours qui remplissent vos soirées d'hiver, dites-moi, combien de fois entendraient-elles leur nom revenir chaque soir dans la trame si variée de vos longs entretiens? Hélas! le plus souvent, après avoir longtemps écouté des discours qui ne disent plus rien de ce qu'elles furent, elles s'en retourneraient dans l'abîme avec une douleur de plus, et elles s'écrieraient, inconsolables : « Ah ! c'est fini, c'est à jamais fini ! ils m'ont « tous oubliée ; et voilà que plus même un souvenir ne me « rattache à la terre !... Partout c'est *l'oubli* : l'oubli sur toute « ma vie, qu'aucune parole ne rappelle plus ; l'oubli sur mon « nom, que personne déjà ne prononce plus ; l'oubli sur mon « tombeau, que personne ne visite plus ; l'oubli sur ma mort, « que personne ne pleure plus ; l'oubli à ce foyer même, où « personne ne se souvient plus ; l'oubli au cœur de mes amis, « dont aucun ne me pleurera plus; l'oubli à l'orient, l'oubli à « l'occident, l'oubli sur toute la terre, l'oubli partout ! » Malgré nos adieux si pleins de regrets, malgré nos protestations si pleines de tendresse, et malgré nos serments si pleins d'immortalité, voilà pourtant où tout aboutit parmi les vivants : à l'universel oubli des morts !

R. P. Félix.

❀❀❀❀❀❀❀❀❀

OXALIS ou PAIN DE COUCOU. — JOIE.

Cette plante fleurit vers Pâques, moment d'allégresse pour les chrétiens, et où nos églises retentissent du joyeux chant : *alleluia !*

**

. La gloire de l'homme de bien est le témoignage de sa conscience. Ayez la conscience pure et vous posséderez toujours la joie.

**

La *joie* est pour l'esprit une riche ceinture.
La joie adoucit tout dans l'immense nature.
Dieu sur les vieilles tours pose le nid charmant
Et la broussaille en fleur qui luit dans l'herbe épaisse;
Car la ruine même autour de sa tristesse
A besoin de jeunesse et de rayonnement.

V. Hugo.

A la joie.

Doux ange, ami de mon enfance, fidèle gardien des jours qui ne sont plus, dis-moi, où donc as-tu fui? dis-moi, quand reviendras-tu?

Autrefois je ne te connaissais pas; tu me suivais, et mon âme était libre de tout chagrin, de toute sollicitude. A présent je te connais, je te chante; pourquoi t'éloignes-tu de moi?

Autrefois je ne t'appelais pas, et tu étais toujours là, tu jouais avec moi dans mes rêves. A présent je t'appelle, je pleure et t'invoque en vain.

Es-tu toujours dans la maison où pour la première fois tu m'appris à sourire? Es-tu sous le vert feuillage de la prairie où mon printemps s'est si vite écoulé?

Es-tu dans les campagnes d'où m'enleva ma destinée, au bord de la source qui, du pied de la montagne, serpentait près de moi au milieu des fleurs?

Es-tu dans ces myriades d'étoiles dont la douce lueur attirait mes regards vers la voûte du ciel? Le ciel n'a-t-il plus les mêmes astres? son espace n'est-il plus si grand?

La campagne n'est-elle plus verte, le ruisseau n'est-il plus limpide comme autrefois? ou bien est-ce moi qui ne suis plus le même?

Doux ange, reviens encore, réveille dans mon âme les émotions heureuses, charme mon cœur par tes chants divins, fais luire à mes yeux le rayon de l'espérance!

Viens, je te cherche; oh! montre-toi. Je t'implore, reviens; rends-moi mon ancien Éden, ou donne-m'en un nouveau!

Blicher (Danois)

PALMIER. — TRIOMPHE, VICTOIRE.

La palme, nom que l'on donne communément à la branche du palmier, est le symbole de la victoire; elle était offerte aux triomphateurs.

On représentait autrefois les conquérants debout sur leur char, la tête ceinte d'une couronne de laurier et tenant à la main la palme de la victoire. Les saints qui expirent dans les tourments reçoivent la palme du martyr. Les palmiers de l'Idumée ont été célébrés par les poètes.

Lorsque le Sauveur du monde fit son entrée triomphante dans Jésusalem, quelques jours seulement avant sa douloureuse passion, les Juifs qui l'accompagnaient portaient une branche de palmier à la main et criaient : Hosanna ! salut et gloire au fils de David. Depuis cette époque on connaît et on fête ce jour sous le nom de Pâques fleuries, jour des rameaux ou des *palmes*.

**

Légende du palmier.

D'après les conseils d'un ange, Joseph et Marie portant Jésus dans leurs bras, partirent un matin, au chant du coq, afin de fuir les soldats d'Hérode. Ils arrivèrent au milieu du jour près d'un sycomore; Marie était lasse, elle avait faim, elle avait soif. Elle s'assit donc au pied de l'arbre pour se reposer; et de là, jetant les yeux autour d'elle, elle vit un dattier chargé de fruits et dit : « S'il était possible, que je mangerais bien de ces dattes ! »

A ces mots, saint Joseph se dirige vers l'arbre, il le secoue, mais inutilement, il ne peut atteindre les branches. Allons plus loin, dit-il, peut-être en trouverons-nous un dont les branches sont moins hautes. Mais la Vierge ne remuait pas et elle soupirait tristement, car elle était bien lasse, car elle avait bien faim. Alors le petit Jésus, tournant les yeux vers le palmier, lui dit : « Incline-toi, beau palmier, et apporte toi-même tes fruits à ma douce mère; » et le palmier docile s'inclina, et Marie cueillit des fruits autant qu'elle en voulut; et lorsque l'arbre se redressa il portait une plus grande quantité de fruits qu'auparavant.

Pendant que sa mère mangeait des dattes, le petit Jésus s'amusait à creuser avec son doigt un trou dans le sable. De ce trou jaillit aussitôt une source d'eau pure et la Vierge qui avait soif se baissa et but à loisir.

Au moment de quitter ce lieu, Jésus, de sa douce voix, adressa ces mots au palmier : Je te remercie pour ma mère, bon palmier, et en récompense du service que tu lui as rendu, j'ordonne à mes anges de porter une de tes branches dans le beau paradis de mon père; désormais tu couronneras le front de tous ceux qui auront triomphé pour la foi, tu seras pour eux la palme de la victoire. Il dit et bientôt un ange aux ailes d'azur planait dans l'espace et emportait au ciel la palme qu'il venait de détacher de l'arbre généreux.

PATIENCE. — PATIENCE.

La plante nommée patience a pour emblème la *patience*, — vertu très précieuse, — tout simplement parce que ces deux mots sont homonymes. C'est là, je crois, la meilleure raison à donner pour expliquer ce symbole

*
* *

Si on pouvait avoir un peu de *patience*, on s'épargnerait bien du chagrin; le temps en ôte autant qu'il en donne.

Mme DE SÉVIGNÉ.

*
* *

Ce n'est pas assez d'être *patient* avec les autres, il faut l'être encore avec soi-même. Ce je ne sais quoi d'aigre et de violent que nous ressentons en nous après avoir commis quelques fautes, vient plutôt de l'orgueil humilié que d'un repentir selon Dieu. L'homme humble qui connaît sa faiblesse, ne s'étonne point de tomber; il gémit de sa chute, en implore le pardon, et se relève tranquille pour combattre avec un courage nouveau. Faillir est un mal, sans doute, mais se troubler n'est qu'un mal de plus.

LAMENNAIS.

PENSÉE. — PENSÉE.

D'où vient le symbole donné à cette plante?

A-t-on voulu faire allusion à la physionomie expressive que la fleur reçoit de sa forme et de ses couleurs dissemblables, ou bien à l'attitude méditative de son pédoncule incliné?

7·

Toutes les saintes *pensées* se tiennent par la main ; lorsque l'une d'elles s'est emparée de notre conscience, elle appelle ses sœurs d'un signe mystérieux, et leur ouvre la porte de son nouveau domaine.

J. SANDEAU.

*
* *

Les grandes *pensées* viennent du cœur.

VAUVENARGUES.

*
* *

Les bonnes actions viennent des bonnes *pensées*, et celles-ci viennent de Dieu.

OXENSTIERN.

PERCE-NEIGE. — CONSOLATION.

Alors que les branches des arbres, encore dépouillés, frissonnent au souffle glacé de mars, qu'aucune verdure ne réjouit les regards, soudain le perce-neige s'entr'ouvre et s'épanouit au premier rayon d'un tiède soleil, et, penché sur sa tige, brave les piquantes atteintes de l'hiver expirant.

Cette pâle fleur printanière, qui seule s'offre alors à nos yeux, ainsi qu'une avant-courrière de la saison nouvelle, me semble comme l'hirondelle de nos jardins.

J. PETIT-SENN.

*
* *

La seule vraie *consolation* pour l'homme est en Dieu.

PERSIL. — FESTIN.

Chez les Romains, les vainqueurs des jeux Isthmiques (jeux qui se donnaient en l'honneur de Neptune)
étaient couronnés de persil. Les Grecs s'en couronnaient le front dans les festins. Aujourd'hui, les cor-
dons bleus en couronnent..... leurs plats.

*
* *

Dans les *festins*, il suffit d'être joyeux pour être aimable.

JOUBERT.

❀❀❀❀❀❀❀❀❀❀❀

PERVENCHE. — DOUX SOUVENIR.

Une personne qui accompagnait Rousseau dans une
de ses promenades, lui fit remarquer un jour, le long
d'une haie, des pervenches en fleurs. Le philosophe,
distrait et préoccupé en ce moment, jeta un coup d'œil
indifférent sur ces fleurs et passa. Trente ans après,
étant à herboriser au sommet d'une petite montagne,
avec M. Dupeyrou, il aperçoit par hasard une pervenche
dans un buisson, il pousse un cri de joie, cueille la
fleur et répète avec émotion à son ami étonné : « Ah !
voilà de la pervenche ! » La vue de cette fleur faisait
revivre à sa pensée un temps bien loin déjà, et lui rap-
pelait sans doute de doux et agréables souvenirs. Un
bibliothécaire, M. Tenant de Latour, possesseur d'une
Imitation de Jésus-Christ ayant appartenu à Rousseau,
a trouvé dans ce livre une pervenche desséchée, celle,

probablement, qui fait le sujet de l'anecdote que nous venons de raconter.

*
* *

Il me semble que dans cet avenir lointain d'une autre vie, ceux-là seront les plus heureux qui n'auront pas eu dans leur durée un seul moment qu'ils ne puissent se rappeler avec plaisir. Là-haut, comme ici-bas, nos *souvenirs* seront une part importante de nos biens et de nos maux.

JOUBERT.

*
* *

Il faut compenser l'absence par le *souvenir*. La mémoire est le miroir où nous regardons les absents.

JOUBERT.

*
* *

Au mois de novembre 1866, M. Alexandre Dumas fils alla passer quelques jours en Provence, chez son ami M. Joseph Autran. Après avoir pris congé de son hôte, M. Dumas lui a adressé les vers suivants, datés de la gare de Marseille :

> *Jeudi matin.* — Je pars, je quitte la Provence,
> Un lac bleu sans rival, un astre sans pareil,
> Un *souvenir* encor plus doux que l'espérance,
> Une amitié plus chaude encor que le soleil !

❀❀❀❀❀❀❀❀❀❀❀

PEUPLIER BLANC. — TEMPS.

Si vous vous êtes amusées parfois, mesdemoiselles, à entendre *babiller* les peupliers blancs, vous avez pu remarquer le reflet noirâtre que les feuilles présentent d'un côté, tandis qu'elles sont blanches de l'autre. Ces couleurs peignent le jour et la nuit, ou si vous aimez mieux, les ténèbres et la lumière ; ce qui constitue le *temps*.

Lorsque César Néron bâtit sa maison d'or,
Du vaste emplacement il fit arracher l'herbe.
Le sol fut dénudé. Mais sous l'œil du superbe,
L'humble gazon détruit en un jour, sans effort,
Disait : Ici pourtant, je veux germer encor.
Et comment feras-tu ? dit le maître du monde.
L'herbe dit : Je vivrai. César dit : Je prétends
Entasser là des blocs à crever les Titans :
Tu crois les soulever ? L'herbe reprit : J'abonde.
César dit : J'ai le fer ! L'herbe dit : J'ai le *temps* !

L. VEUILLOT.

Devant ma fenêtre, dans la fraîche vallée, est un *peuplier* solitaire. Sa cime verdoyante se détache sur le bleu du ciel ; le soir, son ombre descend au loin dans le vallon et semble le partager tout entier.

Jadis, en le regardant, je me disais : « Ainsi dans ma mémoire se dresse une pyramide de souvenirs heureux planant sur les jours qu'efface le passé. »

Cette pyramide se composait alors pour moi des ineffables joies de l'enfance, de quelques succès obtenus dans ma jeunesse, et de deux femmes aimées, dont l'une me donna la vie et l'autre le bonheur domestique.

Tout à coup, par une hallucination bizarre, je croyais retrouver les jeux de mes premières années dans l'agitation des tendres et flexibles rameaux du peuplier : je voyais dans sa cime superbe les lauriers, couronne de mes premiers efforts ; et dans ses gracieux balancements, les muets et lointains adieux de la mère et de l'épouse chéries.

Mais aujourd'hui que la lumière abaissée du soir de ma vie m'avertit de ma nuit prochaine, l'arbre qui se dessine sur un horizon plus sombre me fait moins songer au passé qu'à l'avenir. Il m'apparaît ainsi qu'un mentor austère et silencieux, élevant vers le ciel mon âme, en me montrant du doigt, au-dessus de la terre, la route suprême par laquelle je monterai à Dieu.

J. Petit-Senn.

***

Si je cherchais dans la nature extérieure une image qui rendît sensible l'état d'un cœur fidèle, je m'arrêterais de préférence au *peuplier*.

Le peuplier est l'image du chrétien ; son tronc dépouillé est sans défense contre les éléments, et ses racines, légèrement recourbées sous le gazon, ne demandent à la terre que peu de subsistance. Sa tige, droite et unie, s'élance d'un seul jet vers les cieux, ses branches se pressent autour d'elle suppliantes et les bras levés comme la prière.

Le peuplier cherche les eaux vives, le chrétien s'y désaltère ; le moindre souffle des airs émeut la feuille du peuplier, comme s'émeut le chrétien aux plus légers mouvements de la grâce, et la mélodie de son feuillage, unie aux frémissements des roseaux et de l'onde, n'est surpassée que par le chant de douce et ineffable allégresse qui s'échappe sans cesse du cœur chrétien, hymne que la nature commence et que l'amour achève.

Tous deux verdissent jusqu'à leur sommet, mais le peuplier en attendant qu'il décroisse et qu'il tombe, le chrétien puisant plus de force et de vie à mesure qu'il approche de ses immortelles espérances.

Mᵐᵉ Swetchine.

***

Le *temps* nous est donné pour ménager l'éternité : et l'éternité ne sera pas trop longue pour regretter la perte du temps, si nous en avons abusé.

Fénelon.

***

La seule avarice qui soit permise est celle du *temps*.

Le *temps* court d'un pied léger sur la tête des mortels sans les éveiller de leurs rêves.

Young.

***

Dieu a ordonné au *temps* de consoler les malheureux.

Joubert.

PEUPLIER NOIR. — COURAGE.

Le peuplier noir était consacré à Hercule, à ce héros qui a montré un si merveilleux *courage* dans l'accomplissement de ses douze grands travaux. On dit même que c'est avec le bois du peuplier qu'il taillait ses massues. Ceci prouverait que les dieux pouvaient faire de grandes choses avec de faibles outils.

Le *courage* est un sentiment qui permet à l'homme de juger d'un coup d'œil sûr la gravité du danger, et lui donne la force de le braver et d'y résister avec calme.

A. Lequette. (Le Livre du soldat.)

Il y a autant de vrai *courage* à souffrir avec constance les peines de l'âme, qu'à rester fixe sous la mitraille d'une batterie.

Napoléon.

Le vrai *courage* est toujours ce qu'il doit être ; il ne faut ni l'exciter ni le retenir ; l'homme de bien le porte partout avec lui, au combat contre l'ennemi, dans un cercle en faveur des absents et de la vérité, dans son lit contre les attaques de la douleur et de la mort.

J.-J. Rousseau.

PEUPLIER TREMBLE. — GÉMISSEMENT.

Lisez la touchante légende qui suit ; elle vous apprendra pourquoi les feuilles du tremble remuent sans cesse, et pourquoi cet arbre semble toujours gémir.

Lorsque Jésus-Christ mourut sur la croix, la nature entière prit part à la douleur universelle ; les plantes elles-mêmes, exhalèrent une plainte douloureuse qui s'éleva vers le ciel. Un seul arbre, le tremble, resta froid et insensible. Je suis innocent, disait-il avec orgueil, et Jésus est mort pour les coupables : que les coupables se lamentent. Quant à moi, pourquoi serais-je triste ?

En ce moment, un ange portant un calice d'or rempli du sang divin qu'il avait recueilli au pied de la croix, et qui passait au-dessus de la tête altière du peuplier, l'entendit ; il pencha le calice, laissa tomber quelques gouttes du sang précieux sur les racines de l'arbre et lui dit :

Arbre égoïste et insensible, tu refuses de prendre part à la douleur générale, eh bien, pour ton châtiment, lorsque par les plus belles et les plus chaudes journées de l'été toutes les autres plantes resteront dans le calme et l'immobilité, toi tu t'agiteras sans trêve ni merci ; tu trembleras toujours, tu trembleras éternellement, et tu ne seras connu que sous le nom de *tremble !*

PIVOINE. — HONTE.

Ce qui colore cette plante, c'est un rouge foncé, le rouge de la honte. Combien cette couleur est différente de celle qui se répand sur les joues de la timide et candide jeunesse !

La *honte* de soi-même est le plus grand supplice de l'humanité.

Mme D'EPINAY.

La pivoine a été autrefois célèbre ; elle a éloigné les tempêtes, rompu les enchantements, détourné les calamités, elle guérissait aussi un peu l'épilepsie. Son nom *pœnia* venait de Pœon, célèbre médecin qui l'avait employée pour guérir Pluton blessé par Hercule. La pivoine aujourd'hui est une belle et splendide fleur qui n'est tenue en aucune estime par les amateurs, par la seule raison qu'elle est *commune*.

Elle est commune !

Merci, mon Dieu ! de tout ce que vous avez créé de commun ; merci, mon Dieu ! du ciel bleu, du soleil, des étoiles, des eaux murmurantes, des ombrages des chênes touffus ;

Merci des bluets des champs et de la giroflée des murailles ;

Merci des chants de la fauvette et des hymnes du rossignol ;

Merci, mon Dieu ! des parfums de l'air, des bruissements du vent dans les feuilles ;

Merci des nuages colorés par le soleil à son lever et à son coucher ;

Merci de toutes les belles choses que votre magnifique bonté a faites communes.

A. KARR.

PLATANE. — GÉNIE.

Le majestueux ombrage du platane a été célébré par les prophètes juifs et les philosophes du paganisme. En Grèce, on rendait une espèce de culte à cet arbre ; il était consacré au *Génie* et aux *bons génies*.

Le *génie* n'est que l'aptitude à la patience.

BUFFON.

*
* *

Il y a une sorte de *génie* qui semble tenir à la terre : c'est la force ; une autre qui tient de la terre et du ciel : c'est l'élévation ; une autre, enfin qui tient de Dieu : c'est la lumière et la sagesse, ou la lumière de l'esprit. Toute lumière vient d'en-haut.

JOUBERT.

*
* *

L'imagination qui invente avec grandeur, médite avec profondeur, féconde avec patience, dispose avec sagesse et enchaîne avec habileté, est du *génie*.

TISSOT.

POMME DE TERRE. — BIENFAISANCE.

On ne pouvait donner un emblème plus juste à ce précieux tubercule. Grâce à ces *excellents petits pains tout faits* qui poussent dans la terre, la France est à l'abri des horreurs de la faim. Honneur donc au bon, à l'immortel Parmentier, à qui nous sommes redevables de cet immense *bienfait !*

*
* *

Mortels, tout est pour votre usage ;
Dieu vous comble de ses présents.
Ah ! si vous êtes son image,
Soyez comme lui *bienfaisants*.

VOLTAIRE.

*
* *

Je laisse aux riches de la terre
Un sort plus grand, plus envié ;
Pour moi, mon Dieu, laisse-moi faire
Quelque *bien* et vivre oublié.

X. MARMIER.

*
* *

Rappeler ses *bienfaits* est un manque de tact ; oublier ceux des autres, un manque de cœur.

❦❦❦❦❦❦❦❦❦❦❦

PRUNIER SAUVAGE. — INDÉPENDANCE.

Prenez un prunier sauvage, essayez de le tailler, de le cultiver, il résistera à tous vos soins et ne vous donnera que ces détestables petits fruits appelés *prunelles*. Rester inculte, tel est le fruit d'une fière et sauvage indépendance.

*
* *

L'indépendance, fille de l'orgueil, rompt tous les liens de la vie humaine, et fait de la société une grande ruine.

LAMENNAIS.

*
* *

A propos de l'*indépendance,* nous ne pouvons résister au désir de mettre ici les vers suivants sur la *liberté*, mot qui se lie souvent avec indépendance.

Dieu fit la liberté, c'est son plus bel ouvrage,
Mais il faut des cœurs purs pour goûter ses bienfaits.
A l'autel des vertus épurons notre hommage ;
Adorons-la toujours, ne la souillons jamais.

La liberté n'est pas ce penchant de nature
De repousser tout frein, de haïr tout pouvoir ;
Elle est le droit d'agir comme on doit le vouloir :
La justice est sa règle et la loi sa mesure.

RÉSÉDA. — VERTU CACHÉE, MÉRITE MODESTE.

Dans cette plante, pas de tige élevée, pas de couleur éblouissante ; mais un parfum si suave que Linnée le comparait à l'ambroisie. Voici l'histoire qui a fait donner au réséda son doux emblème :

Il y avait une fois (comme dirait Perrault) dans une jolie petite ville d'Allemagne dont j'ai oublié le nom, une jeune fille d'une grande beauté ; la nature avait réuni en elle toutes les perfections dont quelques-unes suffiraient pour rendre une personne agréable ; malheureusement elle était coquette et étourdie. Elle avait pour parente et pour amie une jeune orpheline, aussi maltraitée par la nature qu'elle-même en était richement douée ; mais, en revanche, celle-ci possédait les vertus les plus aimables, les dons du cœur les plus précieux. Un jour qu'elles étaient réunies dans une société brillante et nombreuse, on vint à proposer un jeu qui fut adopté avec empressement. Toutes les dames présentes devaient se choisir une fleur, et une personne désignée par la majorité devait

y donner une signification. La belle Amélie prit
une rose et s'en para si orgueilleusement qu'elle
semblait dire à ses compagnes : Osez vous comparer
à moi ! je suis la reine de la beauté comme cette
rose est la reine des fleurs ! Sa cousine, au contraire,
choisit modestement une petite branche de réséda et
se tint à demi-cachée derrière la coquette Amélie.
Bientôt le riche comte de Walstheim vint s'ac-
quitter du rôle qui lui avait été départi. Il écrivit
sous la rose triomphante :

> Elle ne vit qu'un jour et ne plaît qu'un moment.

Puis il traça ces mots sous la branche du réséda :

> Ses qualités surpassent ses charmes.

Et quelques jours après, voulant prouver qu'il pré-
férait les vertus modestes et simples aux qualités et
aux agréments extérieurs, il demanda la main de la
douce Charlotte. Cette union fit son bonheur, et en
souvenir de la branche de réséda il la fit ajouter aux
armes glorieuses de sa famille.

> Quelle est cette humble fleur au parfum enivrant?
> De l'obscure vertu c'est l'emblème touchant :
> Rien au passant ne la révèle,
> Son odeur seule la décèle.

> Comme le *réséda*, fuyons un vain éclat :
> Soyons justes et bons quel que soit notre état :
> Faisons le bien, mais en silence
> Et sous l'œil de la Providence.
>
> Mlle O. Vieugué.

RONCE. — ENVIE.

Me voici bien embarrassée pour expliquer la signi-
,ication donnée à la ronce. Longtemps j'ai cru que
cette plante méritait son triste symbole, qu'elle ne
s'étendait, ne rampait que pour nuire, qu'elle étouffait
les rejetons qui se trouvaient près d'elle et que, semblable à l'envie, ses innombrables germes s'étendaient
comme des serpents sous des roses et que leurs lan-
gues fourchues jaillissaient de toutes parts comme
pour siffler et faire ombre au riche tableau de la création.

> Mais que vois-je ? la noire envie
> Agitant ses serpents affreux,
> Pour ternir l'éclat de ma vie,
> Sort de son antre ténébreux.

Me serais-je trompée ? Bernardin de Saint-Pierre, ce
grand ami de la nature, nous dit de ne pas mépriser la
ronce inculte, parce qu'elle protège le chêne majestueux. Comme il vaut toujours mieux croire le bien
que le mal, croyez donc, mesdemoiselles, que la ronce
a été calomniée, rendez-lui votre estime, ne voyez que
ses vertus médicinales ou protectrices, et oubliez les
méfaits dont elle s'est souvent rendue coupable, sinon
envers vos mains, mais à coup sûr envers vos robes
légères. Quant à moi, je veux bien absoudre la ronce,
mais je n'adopte pas cette pensée d'un poète sur son
emblème :

> L'envie est un mal nécessaire,
> C'est un petit coup d'aiguillon
> Qui vous force encore à mieux faire.

*
* *

On *s'envie*, on se hait, on se poursuit en croyant heureux l'adversaire qu'on déteste, tandis que tous, la tête courbée sous le fardeau de la vie, on marche au milieu des mêmes douleurs à des malheurs presque pareils! Les hommes s'envieraient moins, s'ils savaient combien avec des apparences différentes leur fortune est souvent égale, et, au lieu de se diviser sous la main du destin, s'uniraient au contraire pour en soutenir en commun le poids accablant.

THIERS.

**

Nulle passion plus basse, ni qui veuille plus se cacher que *l'envie*. Elle a honte d'elle-même : si elle paraissait, elle porterait son opprobre et sa flétrissure sur le front.

BOSSUET.

**

L'envie est le supplice des âmes viles, comme l'émulation est la passion des âmes nobles.

MARMONTEL.

**

De la ronce pourquoi faire un emblème odieux ?
Elle déchire qui ? L'imprudent. Mais le sage
Voit une panacée en la fière sauvage.
L'épine, fort souvent, cache un bienfait des dieux.

Mme JULIE L'ÉVEILLÉ.

ROSE. — BEAUTÉ.

Salut, reine des fleurs! salut, vermeille rose!
A peine le matin a vu ta fleur éclose,
Que les jeunes zéphyrs, d'un doux zèle emportés,
Racontent ta naissance aux bosquets enchantés;
Et le printemps ravi, que ton éclat décore,
Te remet la couronne et le sceptre de Flore.

Oh ! tu mérites bien l'aimable royauté
Que la main du printemps décerne à ta *beauté!*
N'es-tu pas de nos cœurs le riant interprète,
L'ornement de la Vierge et l'amour du poète!

*
* *

La rose, dont le nom seul est presque un parfum, nous offre, dit M. Audouit, un ravissant assemblage d'élégance, de grâce, de suavité, de fraîcheur et de coloris : aussi les poètes lui ont-ils consacré leurs vers les plus ingénieux et les plus délicats.

Chez les anciens, on s'en couronnait dans les repas et dans les fêtes publiques ; on l'associait au premier sourire de l'enfance, on l'effeuillait sous les pas de la jeune fille qui se rendait à l'autel de l'hyménée, et l'on en couvrait la tombe d'êtres chéris et regrettés.

Cette charmante fleur, qui, malgré son ancienneté, n'a rien perdu de son prestige, est encore celle que les jeunes filles choisissent pour placer dans leurs cheveux ou orner leur ceinture ; et l'on aime à voir cette association si naturelle de la jeunesse, de la candeur et de la grâce personnifiées, avec l'emblème de la grâce, de la candeur et de la jeunesse.

Jusqu'à ce jour, on n'a adressé qu'un reproche à la rose, c'est d'avoir des épines. Si cette particularité de la reine des fleurs déplaît à mes lectrices, je leur mettrai sous les yeux les vers suivants :

De leur meilleur côté tâchons de voir les choses:
Vous vous plaignez de voir les rosiers épineux;
Moi, je me réjouis et rends grâces aux dieux
Que les épines aient des roses.

Disons encore que la *rose blanche* est l'emblème du silence et de la candeur, la *rose pompon* celui de la gentillesse, de la grâce enfantine; la *rose à cent feuil-*

les représente les grâces ; la *rose simple,* la simplicité ; un *bouton de rose,* une jeune fille ; une *feuille de rose* signifie : jamais je n'importune. Elle a cette signification probablement depuis que le docteur Zeb s'est fait admettre de l'Académie silencieuse, en posant une feuille de rose sur la coupe pleine d'eau. Mais le sybarite ne parlait pas ainsi, lui que le pli d'une feuille de rose empêchait de dormir.

Le Sardanapale de Rome, Héliogabale, par un raffinement de cruauté bien digne d'un fou et d'un tyran, n'a-t-il pas fait périr, sous une avalanche de feuilles de roses, des convives qui mangeaient à sa table !

Dans la guerre des *deux roses,* en Angleterre, les partisans du duc d'York portaient une rose blanche, les Lancastre une rose rouge ; après avoir répandu des flots de sang, la maison de Lancastre triompha.

*
* *

La femme qui se fait un mérite de sa *beauté,* annonce elle-même qu'elle n'en a pas de plus grand.

Mlle DE LESPINASSE.

*
* *

Une *belle* femme plaît aux yeux, une bonne femme au cœur l'une est un bijou, l'autre est un trésor.

NAPOLÉON.

*
* *

Il n'y a de *beau* que Dieu ; et après Dieu ce qu'il y a de plus beau c'est l'âme ; et après l'âme, la pensée, et après la pensée, la parole. Or donc, plus une âme est semblable à Dieu, plus une pensée est semblable à une âme, et plus une parole est semblable à une pensée, plus tout cela est beau.

JOUBERT.

ROSE DE PROVINS. — AMOUR DE LA PATRIE.

Celui qui aime sa patrie, au besoin lui prodigue son sang; or, la couleur de cette rose explique son emblème.

*
* *

Ah ! je vous apprendrai l'amour de la *patrie!*
Le plus saint des amours... La patrie est le lieu
Où l'on aima sa mère, où l'on connut son Dieu;
Où naissent les enfants dans la chaste demeure,
Où sont tous les tombeaux des êtres que l'on pleure.
En vain l'on nous condamne à n'y plus revenir,
Notre pieux instinct l'habite en souvenir;
Nous l'aimons, malgré tout, même injuste et cruelle.
Et pour ce noble amour il n'est point d'infidèle :
La haïr dans l'exil, c'est l'impossible effort ;
Proscrit, nous revenons lui demander la mort,
Et nous mourons joyeux si l'ingrate contrée
Daigne garder nos os dans sa terre sacrée.

DELPHINE GAY.

*
* *

La *patrie* est le toit, le foyer, le berceau,
Le clocher d'une église, un verger, un ruisseau,
Une fleur, un ramier qu'on écoute à l'aurore.
Mais, ne l'oublions pas, elle est bien plus encore,
Elle est le souvenir ! le souvenir pieux
Qui transmet aux enfants la gloire des aïeux !
Saint Louis, Henri-Quatre, orgueil de la couronne,
Les guerriers, les savants dont le monde s'étonne,
Du Guesclin et Bayard, Bossuet et Pascal,
Turenne et Catinat, Corneille et son rival,
Tous ces hommes géants qu'on révère et qu'on aime
Né sont point des Français, c'est la France elle-même

H. VIOLEAU.

ROSE D'OR PONTIFICALE.

Cette rose est une fleur artificielle dont la tige et les feuilles sont en or. Elle est bénite par le pape le quatrième dimanche de Carême, appelé le dimanche *des Roses.* Voici, sur la bénédiction de cette fleur et sur l'origine de cet antique usage, quelques détails intéressants que nous empruntons à M. l'abbé Gaume.

« Anciennement, les souverains pontifes se rendaient à cheval, du palais de Latran qu'ils habitaient, à la basilique de Sainte-Croix-en-Jérusalem. Là était la station du jour, dont la messe commence, dans tout le monde catholique, par ce mot : *Lœtare ! Réjouis-toi !* Parvenu à la moitié de la sainte, mais pénible quarantaine, l'église veut encourager ses enfants et leur inspirer une sainte joie, en leur montrant de plus près le terme de leur pénitence et la couronne immortelle qui doit récompenser leurs privations et leurs combats. Or, afin de rendre plus vif et plus populaire ce sentiment d'allégresse, Rome le symbolise dans une rose, la reine des fleurs. Tel est le sens de la poétique prière qui en accompagne encore la bénédiction.

« Après l'office, le pape, tenant à la main la rose bénite, la montrait au peuple comme l'emblème de leurs communes espérances pour l'avenir et de leurs dispositions actuelles. Portant toujours la rose à la main, le pontife était reconduit jusqu'au parvis de la basilique, par le préfet de Rome, en habit de pourpre et en chaussure de couleur d'or, qui soutenait l'étrier pour aider le saint-père à descendre de cheval. Afin de reconnaître ce témoignage de respect, le pape donnait la rose à ce dignitaire, qui la recevait à genoux et lui baisait le pied. Plus tard, les souverains pontifes ont été dans l'usage d'envoyer cette rose à quelque souverain, à une église, à une personne éminente, quelquefois aux anciens empereurs d'Allemagne, à l'époque de leur couronnement. Aujourd'hui, elle est donnée aux princes ou aux princesses, dont le saint-père veut honorer la piété et la charité. La bénédiction de la rose d'or eut lieu, pour la première fois, sous le pontificat de Léon IX, en 1050. »

On a conservé une lettre de l'Empereur Maximilien Ier à sa fille Marguerite d'Autriche, datée du 8 décembre 1515. Cette lettre annonce que le pape Léon X envoie la *Rose d'Or* à l'archiduc Charles, depuis Charles-Quint.

ROSE DE JÉRICHO.

« On appelle rose de Jéricho, une petite plante annuelle qui croît dans les lieux sablonneux de l'Arabie, de l'Égypte et de la Syrie ; sa tige se ramifie dès la base et porte des fleurs sessiles, blanches, qui deviennent des silicules arrondies ; à la maturité de ces fruits, les feuilles tombent, les rameaux s'endurcissent, se dessèchent, se courbent en dedans, et se contractent en un peloton arrondi ; les vents d'automne déracinent bientôt la plante, et l'emportent jusqu'à la mer. C'est là qu'on la recueille pour l'apporter en Europe, où on la vend fort cher à cause de ses propriétés hygrométriques, qui produisent un phénomène fort curieux : si l'on plonge dans l'eau l'extrémité de sa racine, ou si

même on la place dans une atmosphère humide, ses
silicules s'ouvrent, ses rameaux s'étendent, puis ils se
resserrent de nouveau, à mesure qu'ils se dessèchent. »

Le Maout.

Cette particularité, jointe à l'origine de la plante, a
donné lieu à une quantité de traditions légendaires.
Dans beaucoup de pays, on croit, ou plutôt on croyait
qu'elle n'était pas un végétal entier, mais l'extrémité des rameaux d'un buisson sauvage, d'un arbrisseau voisin de l'étable et sur lequel la Vierge avait
étendu les langes du petit enfant Jésus. De là, le nom
populaire de rose de Jéricho. On croyait encore que
cette rose merveilleuse fleurissait et s'épanouissait tous
les ans au jour et à la naissance du Christ, qu'elle ré-
pandait alors un parfum inconnu, qu'ensuite elle se
desséchait comme les fleurs d'un herbier.

LA ROSE MOUSSEUSE.

L'ange qui prend soin des fleurs et qui pendant la nuit dis-
tille sur elles la rosée salutaire, sommeillait un jour de printemps à l'ombre d'un buisson de roses.

Il se réveilla en souriant, et dit : O toi, le plus aimable de mes
enfants, je te remercie de ton doux parfum et de ton ombre
bienfaisante. Si tu avais un désir, je serais heureux de le satis-
faire.

Orne-moi d'un charme nouveau, répondit le génie du buisson de roses. Et l'ange orna la reine des fleurs d'une humble
couronne de mousse.

Et elle s'inclina pleine de grâce dans sa modeste parure, la
rose mousseuse, la plus belle des roses.

Aimable jeune fille, laisse là les faux ornements et les pierres

8.

étincelantes, et suis toujours les leçons de la nature, notre mère.

KRUMMACHER.

*
* *

« Les dieux n'ont fait que deux choses parfaites : la *femme* et la *rose*. » Mot aimable d'un philosophe, gens qui n'en disent guère, qui pour cela s'est conservé, que pour cela j'ai recueilli d'un journal, parmi l'aride politique, comme une fleur dans des rocailles. C'est une bagatelle, un parfum d'Orient qui m'a fait plaisir : cassolette dans un désert. C'était quelque belle Grecque qui faisait dire cela, ou peut-être est-ce vrai, que sais-je ? Y a-t-il rien de comparable à la rose ? Y a-t-il rien de comparable à la femme ? Quand ces deux fleurs du paradis terrestre parurent, il faudrait savoir de Dieu même celle qu'il trouva la la plus belle... Ah ! la rose resta la même, et la femme déchue s'enlaidit. Le péché dégrade toute la nature humaine ; sans cela nous naîtrions toutes jolies, nous serions sœurs de la rose, et le compliment de Solon serait une vérité générale.

Mlle E. DE GUÉRIN.

*
* *

La Rosière.

La pomme à la plus belle, a dit l'antique usage.
Un plus heureux a dit : La rose à la plus sage.

Ces deux vers nous rappellent cette antique institution de saint Médard, évêque de Noyon, qui consiste à couronner tous les ans une rosière dans l'église de Salency. Le prix de la vertu est une *couronne de roses* et une petite dot.

En 532, la sœur du fondateur fut nommée, d'une voix unanime, première rosière de Salency ; elle reçut la couronne des mains de St Médard, et elle la légua, avec l'exemple de ses vertus, aux compagnes de son enfance.

Après Noyon, le petit village de Nanterre, patrie de sainte Geneviève, patronne de Paris, voulut perpétuer cette pieuse cérémonie, qui est arrivée d'âge en âge jusqu'à nos jours, conservant intacte sa touchante simplicité. Lisez le récit suivant de la dernière fête, qui a eu lieu à Nanterre, le dimanche, 20 mai, jour de la Pentecôte.

La foule était grande dans l'antique village, devenu ville aujourd'hui.

C'est qu'on allait, comme chaque année, couronner une jeune fille.

Déjà l'église est parée comme en un jour de fête : des fleurs, de l'encens, des lumières.

On se presse, on se foule, dans cette vénérable chapelle, célèbre depuis tant de siècles, où fut baptisé Louis XIV, et où s'agenouilla souvent la reine Anne d'Autriche, épouse de Louis XIII.

Bientôt la musique se fait entendre; c'est le cortège qui s'avance !

Les portes sont ouvertes à deux battants, et la rosière, vêtue de blanc, et conduite par M. le maire et son adjoint, fait son entrée aux sons des orgues, qui retentissent sous les voûtes saintes.

Cinquante jeunes filles, aussi en robes blanches et couronnées de roses, prennent place sur une estrade recouverte de damas rouge à franges d'or, au milieu de laquelle est un dais de velours, où va monter l'heureuse lauréate.

Après un discours que prononce un des ministres du Seigneur du haut de la chaire, retraçant l'origine du couronnement actuel, la jeune fille, rouge d'émotion, monte vers le dais de velours, et là, s'agenouillant, elle reçoit une couronne de roses blanches d'une des dames de charité, qui la félicite et l'embrasse, en lui passant au cou une chaîne d'or et lui attachant une riche épingle, présent flatteur des membres du conseil municipal de la commune.

M. le curé, revêtu des ornements sacerdotaux donnés à l'église de Nanterre par la reine Anne, en 1626, monte à l'autel, et l'on remarque alors sa riche étole, ornée de croix et de broderies d'or fin.

A ce moment, la musique de la garde nationale, placée dans le chœur, se fait entendre, et la nouvelle rosière redescend les degrés, et va se placer au milieu de ses jeunes compagnes, qui, toutes, ont à la main un bouquet de blanches fleurs.

C'est vraiment un coup d'œil magique que cette foule parée, ces commissaires de la fête en brassarts bleus, les membres du conseil municipal tout entier, ceints de leur écharpe, ces jeunes filles blanches et roses, aussi fraîches que leurs fleurs, ces chants d'allégresse qui montent vers la voûte du temple, et ces rayons d'un éclatant soleil que tamisent les antiques vitraux de l'église.

La rosière ne peut cacher son trouble d'être l'héroïne d'une telle fête.

D'ailleurs, la voilà riche maintenant ! riche de ses vingt ans, riche d'une chaîne d'or, d'une broche élégante, d'une petite dot de 500 francs que lui offre la commune, riche surtout de cette blanche couronne, récompense méritée d'une exemplaire sagesse, et d'une réputation intacte.

Le Rosaire.

Le rosaire est un chapelet ou couronne composé de quinze dizaines de grains sur chacun desquels on récite un *Ave Maria*. Elle se compose d'autant d'*Ave* qu'on mettait ordinairement de roses dans une couronne (ou chapeau de roses), offert à la Sainte Vierge

Saint Dominique institua le rosaire en 1208, et le pape Grégoire XIII, en 1573, en mémoire de la fameuse bataille de Lépante, gagnée contre les Turcs, institua la fête du rosaire, qui se célèbre le premier dimanche d'octobre.

Citons, sur l'institution du Rosaire, ces lignes éloquentes du R. P. Lacordaire :

« Lorsque l'ange Gabriel fut envoyé de Dieu à la Vierge Marie, il la salua en ces termes : *Je vous salue, pleine de grâce, le Seigneur est avec vous, vous êtes bénie entre les femmes.* Ces paroles, les plus heureuses qu'aucune créature ait entendues, se sont répétées d'âge en âge sur les lèvres des Chrétiens, et du fond de cette vallée de larmes, ils ne cessent de redire à la mère du Sauveur : *Je vous salue, Marie.* Les hiérarchies du ciel avaient député un de leurs chefs à l'humble fille de David, pour lui adresser cette glorieuse salutation ; et, maintenant qu'elle est assise au-dessus des anges et de tous les chœurs célestes, le genre humain qui l'eut pour fille et pour sœur, lui renvoie d'ici-bas la salutation angélique : *Je vous salue, Marie.* Or, quoique les chrétiens eussent coutume de tourner ainsi leur cœur vers Marie, cependant l'usage immémorial de cette salutation n'avait rien de réglé et de solennel. Les fidèles ne se réunissaient pas pour l'adresser à leur bien-aimée protectrice ; chacun suivait pour elle l'élan privé de son amour. Dominique, qui n'ignorait pas la puissance de l'association dans la prière, crut qu'il serait utile de l'appliquer à la salutation angélique, et, que cette clameur commune de tout un peuple assemblé, monterait jusqu'au ciel avec un grand empire.

La brièveté même des paroles de l'ange exigeait qu'elles fussent répétées un certain nombre de fois, comme ces acclamations uniformes que la reconnaissance des nations jette sur le passage des souverains. Sa pieuse pensée fut bénie par le plus grand de tous les succès, par un succès populaire. Le peuple chrétien s'y est attaché de siècle en siècle, avec une incroyable fidélité. Les confréries du Rosaire se sont multipliées à l'infini; il n'est presque pas de chrétien au monde qui ne possède, sous le nom de chapelet, une fraction du Rosaire. Qui n'a entendu, le soir, dans les églises de campagne, la voix grave des paysans récitant à deux chœurs la salutation angélique? Qui n'a rencontré des processions de pèlerins, roulant dans leurs doigts les grains du rosaire, et charmant la longueur de la route par la répétition alternative du nom de Marie? Toutes les fois qu'une voix arrive à la perpétuité et à l'universalité, elle renferme nécessairement une mystérieuse harmonie avec les besoins et les destinées de l'homme. L'impie sourit en voyant passer des files de gens qui redisent une même parole : celui qui est éclairé d'une meilleure lumière comprend que l'amour n'a qu'un mot, et qu'en le disant toujours, il ne le répète jamais. »

<hr/>

ROSEAU. — INDISCRÉTION, MUSIQUE.

Pour comprendre le symbole de cette plante, rappelez vos souvenirs mythologiques :

Le roi Midas avait préféré la flûte de Pan (d'autres disent la flûte de Marsyas) à la lyre d'Apollon. Apol lon, indigné, lui fit croître des oreilles d'âne. Quelque soin que prît ce pauvre roi pour cacher ses oreilles, il ne put les dérober aux yeux de son barbier. Celui-ci, que ce secret suffoquait, fit un trou en terre et l'y enterra, — preuve qu'il n'y a pas que les dames à qui un secret pèse. Peu de temps après, des roseaux poussèrent dans le trou, et quand ils étaient agités par le vent, ils murmuraient : « Le roi Midas a des oreilles d'âne ; » et voilà comment il se fait que les roseaux sont devenus l'emblème de l'indiscrétion.

*
* *

Quand vous méditez un projet,
Ne publiez point votre affaire :
On se repent toujours d'un langage *indiscret*,
Et presque jamais du mystère.
Le causeur dit tout ce qu'il sait ;
L'étourdi, ce qu'il ne sait guère ;
Les jeunes, ce qu'ils font ; les vieux, ce qu'ils ont fait ;
Et les sots, ce qu'ils veulent faire.

PANARD.

*
* *

Il ne faut pas confondre *l'indiscrétion* avec la franchise, et d'un défaut faire une vertu.

Mme DE GENLIS.

*
* *

L'indiscrétion, innocente parfois dans ses motifs, est presque toujours funeste dans ses résultats.

Parler est un besoin, écouter est un talent ; se taire est souvent une vertu.

*
* *

Un silence *discret* sera toujours plus utile que la sincérité la plus adroite et la plus spirituelle. On ne s'est jamais repenti de s'être tu, mais on s'est souvent repenti d'avoir parlé.

FLÉCHIER.

*
* *

Qui ne pèche point par la langue est un homme parfait.

St JACQUES.

*
* *

Il ne faut parler de soi-même ni en bien ni en mal.
Pour bien parler, il faut parler peu.

LA REINE CHRISTINE.

Parler *peu!*... Avouez que le conseil de la reine Christine est difficile à mettre en pratique pour les femmes, — surtout quand elles lisent des vers tels que ceux-ci :

> Que la femme babille et conte,
> Tant mieux qu'elle parle souvent.
> La voix des oiseaux au ciel monte,
> La voix de la femme en descend.

C. DESLYS.

*
* *

Sur la musique.

On donne aussi les roseaux pour emblème de la *Musique*, soit parce qu'on a remarqué que l'air agité et passant à travers les roseaux rendait une espèce de son, soit parce que le dieu Pan coupa un jour une tige de roseau et en fit la première flûte des bergers.

Il y a dans les âmes une sympathie avec les sons. Accents tendres ou guerriers, mélodies graves ou hardies plaisent à l'oreille suivant la prédisposition de l'âme. Une corde vibre au dedans de nous-mêmes, à l'unisson de la musique que nous entendons, et l'écho de notre âme y répond. Qu'elle me charme, cette harmonie des cloches du village, frappant l'oreille par intervalles, faible et douce d'abord, puis fuyant et mourant dans le vague de l'air, puis vibrant avec force encore, et grondant comme le tonnerre, quand le vent l'emporte vers nous ! La musique, avec sa douce violence, ouvre tous les sanctuaires où la mémoire était endormie. A peine la mélodie que j'ai une fois entendue se fait entendre de nouveau, je revois les anciens lieux, je retrouve le passé avec ses plaisirs et ses douleurs. Mon âme revole en arrière; il ne lui faut qu'un moment pour parcourir, comme le voyageur sur une carte, tout l'espace de ses souffrances et de ses joies, tous les sentiers tortueux de la vie à travers de longues années.

W. COWPER.

Un rosier au milieu d'une touffe de gazon.

« Un jour, raconte le poëte persan, Sadi, je vis un rosier environné d'une touffe de gazon. Quoi! m'écriai-je, cette vile plante est-elle faite pour se trouver dans la compagnie des roses? Et je voulus arracher le gazon, lorsqu'il me dit humblement : Épargnez-moi : je ne suis pas la rose, il est vrai; mais, à mon parfum, on connaît au moins que j'ai vécu près d'elle. »

On ne peut que gagner en bonne compagnie.

SAFRAN. — N'ABUSEZ PAS.

Le safran, employé en médecine, est efficace à condition d'être pris à petite dose; administré sans prudence, il pourrait occasionner de graves accidents. En toutes choses, ajouterai-je, il est utile de se rappeler l'emblème du safran : Usons, *n'abusons point!*

De quoi les hommes *n'abusent-ils* pas ? Ils abusent des aliments destinés à les nourrir, des forces qui leur sont données pour agir et se conserver ; ils abusent de la parole, de la pensée, des sciences, de la liberté et de la vie; ils abusent de Dieu même.

LAMENNAIS.

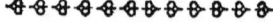

SARDONIE. — IRONIE.

On assure qu'il existe une espèce de renoncule appelée sardonie, qui renferme un poison dont l'effet est de contracter la bouche de telle manière que le malade semble rire en mourant. Ce rire convulsif est connu sous le nom de *rire sardonique;* il est un peu celui de la froide *ironie;* au figuré, il signifie rire forcé, rire de Satan. Voici, à ce propos, une autre explication que nous empruntons au *Magasin pittoresque :*

Conquérants de la plus grande partie de l'île de Sardaigne (an 512 av. J.-C.), les Carthaginois y avaient transporté le culte de leurs divinités sanguinaires.

Leur statue de Baal avait la forme humaine souvent figurée avec une tête de taureau, symbole de la force et de la puissance ; elle était en bronze, creuse à l'intérieur; elle avait les bras étendus en avant et un peu inclinés vers le sol, de manière à recevoir les victimes humaines qu'on lui offrait, et qui retombaient ensuite de leur propre poids brûlées et consumées dans un bassin d'airain placé au-dessous.

C'est autour de cette idole que pendant les horribles sacrifices les prêtres se rangeaient en cercle, cherchant à étouffer par le son des tambours et d'autres instruments bruyants les cris et les hurlements que la douleur et le désespoir arrachaient aux malheureuses victimes d'une aussi exécrable superstition.

Si les prêtres de la *Sardaigne* couvraient de leur musique barbare les cris des victimes, du moins ne pouvaient-ils pas voiler à l'assemblée les souffrances de leur agonie ; certaine convulsion du visage semblable à un effroyable rire reçut des anciens un nom parvenu jusqu'à nous avec une acception bien différente, celui de rire *sardonien* ou *sardonique.*

SAUGE. — ESTIME.

La sauge est une plante aromatique *estimée.* Elle a été surtout en vogue autrefois ; on la connaissait, dans certains pays, sous les noms d'*herbe sacrée, thé de France, toute bonne.* Voici sa délicieuse légende, d'après A. de Ponthieu :

Les soldats d'Hérode cherchaient l'enfant Jésus pour le faire mourir. Marie plus morte que vive, fuit à travers les montagnes de la Judée, serrant son fils sur son cœur tremblant. Saint Joseph, resté dans la plaine, demandait de maison en maison un abri qu'on lui refusait. Tout à coup Marie entend derrière elle un bruit de pas : c'étaient les soldats qui la cherchaient. Où se réfugier pour soustraire l'enfant à la mort ? Dans sa détresse, elle s'adresse à tout ce qui l'entoure; elle aperçoit une belle rose épanouie et lui dit : « Rose, belle rose, épanouis-toi plus encore; ouvre tes feuilles, et cache mon pauvre enfant qu'on veut tuer. »

La rose répondit :

« Passe ton chemin, car les soldats, en cherchant leur proie, me terniraient, m'effeuilleraient peut-être. Voilà un œillet là-bas : va lui demander un abri, peut-être pourra-t-il te le donner. »

La mère de Jésus y court.

« Œillet, bel œillet, épanouis-toi, élargis tes feuilles pour cacher mon pauvre enfant qu'on veut tuer. »

« Passe ton chemin, répondit l'œillet, je n'ai pas le temps de t'écouter, car il faut que je fleurisse. J'aperçois sur ce rocher une sauge, emblème de la pauvreté. Va lui demander asile. »

La Vierge s'y précipite :

« Sauge, bonne petite saugette, épanouis-toi pour cacher mon pauvre enfant qu'on veut tuer. »

Et la sauge s'épanouit tellement, elle élargit si bien ses feuilles, que l'enfant et la mère purent s'y cacher.

Quand tout danger fut passé, Marie sortit de sa cachette et dit : « Bonne sauge, pauvre petite saugette, fleur des pauvres, je te bénis, » et cette bénédiction dota la sauge de vertus souveraines.

Quelle poésie et quel enseignement dans cette supplique de la vierge aux fleurs orgueilleuses qui la repoussent et à l'humble plante qui l'abrite !

SAULE PLEUREUR. — MÉLANCOLIE.

Sous ces bois inspirants coule-t-il un ruisseau,
L'émotion augmente à ce doux bruit de l'eau,
Qui, dans son cours plaintif qu'on écoute avec charmes,
Semble à la fois rouler des soupirs et des larmes ;
Et qu'un saule pleureur, par un penchant heureux,
Dans ces flots murmurants trempe ses longs cheveux,
Nous ressentons alors dans notre âme amollie
Toute la volupté de la *mélancolie*.
Cette onde gémissante et ce bel arbre en pleurs
Nous semblent deux amis touchés de nos malheurs :
Nous leur disons nos maux, nos souvenirs, nos craintes ;
Nous croyons leur tristesse attentive à nos plaintes ;
Et, remplis des regrets qu'ils expriment tous deux,
Nous trouvons un bonheur à gémir avec eux.

Legouvé.

Sur un riche coteau, ceint de bois et de prés,
Avoir une maison, une source d'eau vive
Qui parle !...

Quoi de plus ? Les oiseaux chantent dans les arbres et le murmure de l'eau invite à la *mélancolie*, à ce demi-sommeil, ce dormir suave au bord d'une fontaine qui plaisait tant à Virgile.

Les sources ont les grâces de l'enfance : elles promettent souvent plus qu'elles ne tiennent ; mais leur charme n'est pas dans leur destinée inconnue ; leur beauté est en elles-mêmes. Toutes, fleuves ou ruisseaux futurs, jaillissantes, frémissantes, elles courent et gazouillent et rient avec tant de fraîche bonne humeur, qu'on aime à s'asseoir sur le gazon de leurs rives et à interpréter leur langage incertain.

Elles disent à celui qui doute de sa force : « Nous venons de loin, et ce n'est pas sans effort que nous sortons de terre ; imite-nous : réunis tous les filets d'espoir que tu rencontres sur ton chemin ; rassemble des idées, des œuvres, et jaillis tout d'un coup. »

Elles disent à celui qui s'épuise en travaux opiniâtres : « Imite-nous, égaye-toi sous l'ombrage et repose-toi dans la fraîcheur avant de donner cours à tes projets nouveaux. »

Près d'elles on rajeunit; elles rafraîchissent l'esprit comme la bouche. Le voyageur délassé, laissant pendre sa main dans le clair bassin, se défait de tout souci; tantôt il cueille une véronique ou un myosotis; tantôt il regarde les petites figures que dessine dans le gravier le mouvement des eaux : ce sont d'humbles cratères avec ou sans montagne, de petites collines mouvantes comme des taupinières à l'heure de midi. Il rêve, il oublie de penser, et quand il se lève pour continuer sa route, la fatigue a disparu, le voyageur est un autre homme.

MAGASIN PITTORESQUE.

*
* *

Un jour, à Sainte-Hélène, l'Empereur plongeant du regard dans la belle vallée du Géranion, avait dit au grand maréchal : « Si je dois mourir sur ce rocher, que l'on m'enterre au-dessous de ces saules, près du ruisseau. » Ses compagnons obtinrent ce dernier asile pour sa dépouille mortelle, et la cérémonie funèbre eut lieu le 9 mai 1821. Vingt ans après, en 1840, le prince de Joinville allait reprendre à la terre d'exil et demander, aux *saules de Sainte-Hélène*, les restes de Napoléon, pour les rapporter à Paris, « sur les bords de la Seine, au milieu de ce peuple Français qu'il avait tant aimé. »

Qui de nous n'a lu avec attendrissement le psaume *Super flumina*, parlant de la captivité des Hébreux :

« Assis au bord des fleuves de Babylone, nous versions des « larmes en nous rappelant de Sion. Nous avions suspendu nos « harpes aux *saules* du rivage, car les vainqueurs qui nous « traînaient en captivité nous demandaient de chanter des can- « tiques. Eh! comment répéter les hymnes du Seigneur sur une « terre étrangère? »

*
* *

Un poète français, A. de Musset, avait écrit un jour :

Mes chers amis, quand je mourrai,
Plantez un *saule* au cimetière;

> J'aime son feuillage éploré,
> La pâleur m'en est douce et chère;
> Et son ombre sera légère
> A la tombe où je dormirai.

Pour se conformer au vœu du poète, enlevé par une mort prématurée, un saule fut planté devant son mausolée, au père Lachaise, à Paris; mais le sol étant peu favorable à la végétation, il ne tarda pas à mourir et fut remplacé par un autre qui eut le même sort. Sur ces entrefaites, un barde américain, le colonel Hilario Ascasubio, de passage à Paris, ayant visité ce tombeau, conçut le projet d'envoyer de Rio de la Plata un de ces arbres pour orner le tombeau dépourvu d'ombrage; et en effet, l'année d'après, le paquebot la *Guienne* apporta l'arbuste argentin qui s'essaye au climat d'Europe sur cette terre des morts.

***

Les feuilles mortes sont aussi le symbole de la *mélancolie* :

> Bois que j'aime! adieu... je succombe,
> Ton deuil m'avertit de mon sort;
> Et dans chaque feuille qui tombe,
> Je vois un présage de mort.

***

Une petite fille de cinq ans était occupée à ramasser des feuilles sèches que le vent d'automne arrache aux marronniers des Tuileries, et à les coller aux troncs des arbres.

— Que fais-tu là, ma fille? lui demande sa mère, qui la surprend dans sa singulière besogne.

— Tu sais bien, maman, que le docteur a dit que le petit frère mourrait quand les *feuilles* seraient tombées. Je les recolle.

SCEAU DE SALOMON. — DISCRÉTION.

Arrachez cette plante, vous verrez, avec les yeux de
a foi, que les nœuds qui sont à sa racine ont plus ou
noins la forme d'un cachet ou d'un sceau: on devait
donc en faire l'emblème de la discrétion.

*
* *

Ne parler jamais qu'à propos
Est un rare et grand avantage ;
Le silence est l'esprit des sots
Et l'une des vertus du sage.

SENSITIVE. — SENSIBILITÉ.

Une faible secousse, un peu de vent, le passage d'un
nuage orageux, un changement subit de température,
le toucher le plus délicat suffisent pour imprimer aux
feuilles de la sensitive des mouvements fort remarquables. Sous une des influences que nous venons de
nommer, on voit les folioles se ployer et s'abaisser su-
bitement le long du pétiole commun qui, bientôt, à
son tour, s'incline aussi vers la terre. On dirait alors
que la plante est flétrie. Mais lorsque la cause a cessé,
ou, si elle se prolonge longtemps, la plante sort de sa
défaillance et reprend sa position première.

*
* *

Du bonheur ici-bas cette plante est l'emblème :
Après lui nous courons, espérant le saisir ;
Mais se repliant sur lui-même,
Il échappe à notre désir.

De la pudeur elle est aussi l'image,
Et ne se plaît qu'en purs et doux climats.
De loin admirez son feuillage;
Mais, de grâce, n'y touchez pas !

Mlle VIEUGUÉ.

*
* *

Pourquoi sommes-nous tous si *sensibles* à l'impression des
hoses agréables ou pénibles ? Nos pères l'étaient moins. C'est
que notre esprit est plus vide, et notre faiblesse plus grande.
Nous sommes plus désoccupés de sentiments sérieux ou de solides pensées. L'homme qui n'a que son devoir en vue et qui y
court prend moins garde à ce qui est sur son chemin.

JOUBERT.

*
* *

La véritable *sensibilité* s'unit à la bonté, à la compassion ;
elle rentre ainsi dans le domaine du cœur. Exagérée, elle appartient à celui de l'imagination.

Mme CAMPAN.

*
* *

La vraie *sensibilité* est agissante ; elle ne se contente pas de
déplorer le malheur, elle vient à son aide, quoi qu'il lui en
coûte.

━━━━━━━━━━━━

SOUCI. — CHAGRIN, INQUIÉTUDE.

Semblable au vil métal que sa couleur rappelle,
Sa fleur n'a comme lui qu'un éclat imposteur;
Elle infecte la main qui veut s'emparer d'elle
Ainsi que l'or corrompt le cœur.

*
* *

Tout le monde connaît cette fleur dorée, qui est
l'emblème des peines de l'âme : elle offre à l'observa

9.

teur plusieurs singularités remarquables : on la voit fleurir toute l'année ; c'est pourquoi les Romains l'appelaient fleur des calendes, c'est-à-dire de tous les mois. Ses fleurs ne sont ouvertes que depuis neuf heures du matin jusqu'à trois heures de l'après-midi ; cependant elles se tournent toujours vers le soleil et suivent son cours d'orient en occident. Pendant les mois de chaleur, ces fleurs laissent échapper durant la nuit de petites étincelles lumineuses.

Marguerite d'Orléans, aïeule maternelle d'Henri IV, avait pour devise un souci tournant son calice vers le soleil, et dont l'âme était :

Je ne veux suivre que lui seul.

Cette vertueuse princesse entendait, par cette devise, que toutes ses pensées, toutes ses affections se tournaient vers le Ciel, comme la fleur du souci vers le soleil.

❦ ❦ ❦ ❦ ❦ ❦ ❦ ❦ ❦ ❦ ❦

STELLAIRE. — AMOUR FRATERNEL.

Puisqu'un grand nombre de fleurs ont reçu leur emblème des souvenirs qui leur sont attachés, il nous a semblé que nous pourrions proposer les stellaires comme symboles de l'amour fraternel. Voici la page du journal d'Eugénie de Guérin qui nous a suggéré cette pensée.

« Voilà ma journée : ce matin à la messe, écrire à Louise, lire un peu, et puis dans ma chambrette. Oh ! je ne dis pas tout ce que j'y fais. J'ai des fleurs dans un gobelet ; j'en ai longtemps regardé deux dont l'une se penchait sur l'autre qui lui ouvrait son calice. C'était doux à considérer et à se représenter, l'épanchement de l'amitié dans ces deux petites fleurettes. Ce sont des *stellaires*, petites fleurs blanches à longue tige des plus gracieuses de nos champs. On les trouve le long des haies, parmi le gazon. Il y en a dans le chemin du moulin, à l'abri d'un tertre tout parsemé de leurs petites têtes blanches. *C'est ma fleur de prédilection.* J'en ai mis devant notre image de la Vierge. Je voudrais qu'elles y fussent quand tu viendras, et te faire voir les deux fleurs amies. Douce image qui des deux côtés est charmante. Cher Maurice, nous allons nous voir, nous entendre ! Ces cinq ans d'absence vont se retrouver dans nos entretiens, nos causeries, nos dires de tout instant. »

Ce qui caractérise mademoiselle de Guérin à mes yeux, dit un critique éminent, monsieur Sainte-Beuve, c'est la passion et le culte qu'elle a pour son frère. Elle est le modèle et comme le type idéal, dans l'ordre poétique, des sœurs aînées, admiratrices, inquiètes, vigilantes, prêtes à se sacrifier pour le salut ou la gloire d'un frère chéri. Pendant vingt ans cette noble fille au cœur pur, à l'imagination délicate et charmante, à la croyance vaillante et ferme, ne vit que pour son frère ; et lorsqu'elle l'a perdu, dès lors sa vie, à elle, n'est plus qu'un deuil, une consécration de toutes ses pensées et de toutes ses heures au cher et unique absent, un soin religieux de sa mémoire, un dialogue avec lui d'un monde à l'autre. »

Citons maintenant quelques passages de ce livre, qu'on peut appeler par excellence *le livre des frères et des sœurs* et dont on a pu dire avec raison que nul ouvrage, de notre temps, n'a fait autant de bien et n'a exercé sur les âmes une influence plus douce et plus pure.

« O frères, frères, nous vous aimons tant ! Si vous saviez, si vous compreniez, ce que nous coûte votre bonheur, de quels sacrifices on le payerait ! ô mon Dieu qu'ils le comprennent et n'exposent pas si facilement leur chère santé et leur chère âme. Je viens de recevoir une lettre qui me dit : « Maurice tousse encore. » Depuis, j'ai cette toux en moi, *j'ai mal à la poitrine de mon frère.* Tu ne saurais croire combien cette incertitude, cette hésitation de ton sort m'occupe, je ne dis pas m'accable, parce que je me repose sur la Providence. Combien de fois j'ai offert à Dieu tout mon bonheur pour le tien ! Si j'étais exaucée, si quelque jour tu me disais : « Je suis content ! » Je palpite à l'idée de cette félicité que je pourrais voir... »

Et après que Maurice lui fut ravi :

« Depuis que ta voix est éteinte, le parler de l'âme est fini pour moi ; mon âme vit dans un cercueil. Oh ! oui, enterrée, ensevelie en toi, mon ami ; de même que je vivais en ta vie, je suis morte en ta mort. Morte à tout bonheur, à toute espérance ici-bas. J'avais mis tout en toi, comme une mère en son fils ; j'étais moins sœur que mère... »

Le *seringat* est généralement regardé comme l'emblème de l'*amour fraternel*.

Cette plante a été consacrée à un roi d'Égypte, Ptolémée Philadelphe (c'est-à-dire ami de ses frères). Ce Ptolémée, n'est pas le même qui a reçu le nom de Philadelphe par ironie et qui fit périr tous les membres de sa famille. Celui-ci régnait 285 ans avant Jésus-Christ.

**

Frère ! sœur ! on croit voir deux roses sur la branche,
Quatre ailes s'agiter sous la colombe blanche,
Oh ! ces noms, ces doux noms et de frère et de sœur
On ne les apprend pas, ils nous viennent du cœur !
Je n'ajoute qu'un mot : Dans le monde où nous sommes
Bien des rivalités désunissent les hommes ;
Au moins à vos foyers, à vos berceaux si doux,
Que ces rivalités ne naissent point en vous !
Aimez, soyez aimés ; n'ayez jamais l'envie
D'isoler votre cœur au chemin de la vie ;
Dites-vous, observant la fraternelle loi :
Comme je vis en lui, mon frère vit en moi !
Imitez sous le toit où vous croissez ensemble
Ces arbres que la main du jardinier rassemble,
Et qui, s'offrant l'un l'autre un généreux secours,
Se protégent entre eux et s'élèvent toujours.

                              H. VIOLEAU.

TABAC. — DIFFICULTÉS VAINCUES.

Le tabac, avant de faire, hélas ! les délices de la *moins belle* partie du genre humain, a eu à surmonter des obstacles de tous genres ; mais on peut dire qu'il s'en est bien vengé !

Pendant longtemps, dit A. Karr, le tabac a fleuri solitaire et ignoré dans quelque coin de l'Amérique. Les sauvages auxquels nous avons donné de l'eau-de-vie, nous ont donné en échange le tabac, dont la fumée les enivrait dans les grandes circonstances. C'est par cet aimable échange de poisons qu'ont commencé les relations entre les deux mondes.

Les premiers qui jugèrent devoir se mettre la poudre du tabac dans le nez furent bafoués d'abord, puis un peu persécutés. *Jacques* Ier, roi d'Angleterre, fit contre ceux qui prenaient du tabac, un livre appelé *Miso-capnos*. Peu d'années après, le pape *Urbain VIII* excommunia les personnes qui prenaient du tabac dans les églises. L'impératrice *Élisabeth* crut devoir ajouter à la peine de l'excommunication contre ceux qui, pendant l'office divin, se bourraient le nez de cette poudre noire ; elle autorisa les bedeaux à confisquer les tabatières à leur profit. *Amurat IV* défendit l'usage du tabac sous peine d'avoir le nez coupé.

Une plante utile n'eût pas résisté à de pareilles attaques.

Si, avant cette invention, un homme s'était trouvé qui aît :

Cherchons un moyen de faire entrer dans les coffres de l'État un *impôt volontaire* de plusieurs millions par an ; il s'agit de vendre aux gens quelque chose dont tout le monde se serve, quelque chose dont on ne puisse pas se passer. Il y a, en Amérique, une plante essentiellement vénéneuse : si vous exprimez de son feuillage une huile empyreumatique, une seule goutte fait périr un animal dans d'horribles convulsions. Offrons cette plante en vente, hachée en morceaux ou réduite en poudre ; nous la vendrons très cher ; nous dirons aux gens de se fourrer la poudre dans le nez.

— Vous les y forcerez par une loi ?

— Nullement, je vous ai parlé d'un impôt volontaire. Pour celui qui sera haché, nous leur dirons d'en respirer et d'en avaler un peu la fumée.

— Mais ils mourront ?

— Non, ils seront un peu pâles ; ils auront des maux d'estomac, des vertiges, quelquefois des coliques et des vomissements de sang, quelques douleurs de poitrine, voilà tout. D'ailleurs, voyez-vous, on a dit : *L'habitude est une seconde nature* ; on n'a pas dit assez : l'homme est comme ce couteau auquel on avait changé successivement trois fois la lame et deux fois le manche ; il n'y a plus pour l'homme de nature, il n'y a que les habitudes. Les gens d'ailleurs feront comme *Mithridate*, roi de Pont, qui s'était habitué à prendre du poison.

La première fois qu'on fumera du tabac, on aura des maux de cœur, des nausées, des vertiges, des coliques, des sueurs froides ; mais cela diminuera un peu ; et, avec le temps, on s'y accoutumera au point de n'éprouver plus ces accidents que de temps à autre, et seulement quand on fumera de mauvais tabac, ou du tabac trop fort, ou quand on sera mal disposé, ou dans cinq ou six autres cas.

Ceux qui le prendront en poudre éternueront, sentiront un peu mauvais, perdront l'odorat, et établiront dans leur nez une sorte de vésicatoire perpétuel.

— Ah ça, cela sent donc bien bon ?

— Non, au contraire, cela sent très mauvais. Je dis donc que nous vendrons cela très cher, que nous nous en réserverons le monopole.

— Mon bon ami, aurait-on dit à l'homme assez insensé pour tenir un pareil langage, personne ne vous disputera le privilège dé vendre une denrée qui n'aura pas d'acheteurs. Il y aurait de meilleures chances d'ouvrir une boutique et d'écrire dessus :

ICI ON VEND DES COUPS DE PIED.

Ou :

UN TEL VEND DES COUPS DE BATON EN GROS ET EN DÉTAIL.

Vous trouveriez plus de consommateurs que pour votre herbe vénéneuse.

Eh bien! c'est le second interlocuteur qui aurait eu tort, la spéculation du tabac a parfaitement réussi. Les rois de France n'ont pas fait des satires contre le tabac, ils n'ont pas fait couper les nez, ils n'ont pas confisqué les tabatières. Loin de là, ils ont vendu du tabac, ils ont établi un impôt sur les nez, et ils ont donné des tabatières aux poètes avec leur portrait dessus et des diamants alentour. Ce petit commerce leur rapporte quelque chose comme *cent quatre-vingt millions!* bon an mal an....

❧❧❧❧❧❧❧❧❧❧

THUYA. — VIEILLESSE.

L'aspect sévère du thuya et la persistance de ses feuilles l'ont fait choisir comme emblème de la vieillesse.

***

Une belle *vieillesse* est ordinairement le salaire d'une belle vie.
PYTHAGORE.

***

De toutes les ruines la plus belle est un beau *vieillard*.
D'ARTAIZE.

***

Les *vieillards* sont la majesté du peuple.
JOUBERT.

***

La vie est un pays que les *vieillards* ont vu et habité. Ceux qui doivent le parcourir ne peuvent s'adresser qu'à eux pour en demander les routes.

JOUBERT.

*
* *

Les *vieillards* sont des amis qui s'en vont, il faut au moins les reconduire poliment.

Ne pas honorer la *vieillesse*, c'est démolir le matin la maison où l'on doit coucher le soir.

A. KARR.

*
* *

Vieillir n'est pas seulement décliner et décheoir, ce n'est même rien de semblable, à le prendre en un sens plus profond et tout autre que celui du vulgaire ; c'est parmi tous les détachements et tous les dégoûts de ce monde, et dans le recueillement d'un cœur auquel tout ici-bas échappe et ne suffit plus, commencer dès cette vie, au moins en espérance, la vie nouvelle dont la mort est en quelque sorte l'inauguration. De la sorte vieillir est peut-être devant les hommes décliner et décheoir; devant Dieu, c'est grandir.

DAMIRON

THYM. — ACTIVITÉ.

Pour comprendre le symbole de cette plante, il ne faut qu'avoir remarqué la quantité d'insectes de toutes sortes qui aiment, dès les premiers rayons du soleil, à venir folâtrer et voltiger au-dessus des touffes fleuries du serpolet.

Pour les Grecs le thym était aussi le symbole de l'activité ; ils prétendaient que son parfum était salutaire aux vieillards, qu'il leur donnait de la vigueur et de l'énergie. C'est au délicieux arome de ses fleurs qu'ils attribuaient l'excellence du miel récolté sur le mont Hymette.

Au moyen âge, on brodait souvent sur l'écharpe des chevaliers une branche de thym au-dessus de laquelle bourdonnait une abeille; cela signifiait : activité et douceur.

*
* *

L'activité est la mère de la prospérité.

FRANKLIN.

*
* *

L'activité humaine doit être dirigée vers le bien pour ne pas produire le mal : notre cœur est comme la meule d'un moulin; il faut qu'il tourne et qu'il broie quelque chose, que ce soit du froment ou de l'ivraie.

CASSIEN

TRUFFE. — SURPRISE.

C'est bien en effet ce sentiment qu'on éprouve lorsque, pour la première fois, on examine cette plante bizarre qui se développe si extraordinairement et ressemble si peu aux autres. Ici pas de tige, pas de racines, du moins à l'apparence ; seulement une masse informe, charnue et savoureuse qui rachète heureusement sa laideur par sa bonté. Qui de nous n'a fait ses délices d'une volaille truffée !

TULIPE. — ORGUEIL, MAGNIFICENCE.

De la part des Hollandais et des Belges, la tulipe a été l'objet d'un enthousiasme extraordinaire et le sujet de nombreuses extravagances.

Pendant quelques années surtout, vers le milieu du XVIIᵉ siècle, les Hollandais jouaient sur les tulipes comme aujourd'hui on joue à la bourse, et beaucoup se ruinèrent ou s'enrichirent dans ces spéculations.

On cite l'histoire d'un jeune matelot hollandais, qui, avisant quelques oignons de tulipe sur la fenêtre d'un négociant, les prit pour des oignons ordinaires et les mangea avec un hareng sec. Le tulipomane, instruit de cette fatale méprise, s'écria dans son désespoir : Malheureux! tu viens de faire un déjeuner de roi, mais je suis ruiné!

*
* *

Oui, je suis la tulipe, une fleur de Hollande,
Et telle est ma beauté, que l'avare Flamand
Paye un de mes oignons plus cher qu'un diamant,
Si mes fonds sont bien durs, si je suis droite et grande,
Mon air est féodal, et comme une Yolande,
Dans sa jupe à longs plis étoffée amplement,
Je porte des blasons peints sur mon vêtement,
Gueule, fascé d'argent, or avec pourpre en bandes.
Le jardinier divin a filé de ses doigts
Les rayons du soleil et la pourpre des rois,
Pour me faire une robe à trame douce et fine.
Nulle fleur du jardin n'égale ma splendeur,
Mais la nature, hélas! n'a pas versé d'odeur
Dans mon calice fait comme un vase de Chine.

H. DE BALZAC.

*
* *

L'orgueil consiste dans le sentiment exagéré de notre valeur personnelle, avec une forte tendance à nous préférer aux autres et à les dominer.

DESCURET.

*
* *

L'orgueil gâte une belle âme, comme l'enflure du visage altère de beaux traits.

VERVEINE. — ENCHANTEMENT.

Voici une plante qui aurait bien le droit de se plaindre de son destin. Autrefois on la regardait comme sacrée ; elle jouissait de propriétés miraculeuses. — Aujourd'hui, confondue parmi ses sœurs, elle ne jouit d'aucun privilége, car on lui conteste même ses qualités médicinales.

Pour prédire l'avenir, les Pythonisses se couronnaient de verveines. Dans les festins, une aspersion faite avec quelques-uns de ses rameaux amenait la gaîté et excitait l'esprit ; de sorte qu'il est *probable* que *verve* dérive de verveine. Les Druides de la Gaule avaient pour elle une grande vénération ; ils s'en servaient pour rendre leurs oracles. Chez les Romains, les hérauts d'armes qui allaient demander la paix portaient une branche de verveine à la main. Cette plante était non-seulement le symbole de la paix, mais encore elle donnait des idées pacifiques aux ambassadeurs chargés de discuter les intérêts de leur nation, lorsqu'ils s'en mettaient une couronne sur la tête.

VIOLETTE. — MODESTIE.

L'obscure violette, amante des gazons,
Aux pleurs de la rosée entremêlant ses dons,
Semble vouloir cacher, sous leurs voiles propices,
D'un prodigue parfum les discrètes délices :
C'est l'emblème d'un cœur qui répand en secret
Sur le malheur timide un modeste bienfait.

BOISJOLIN.

*
* *

Aimable fille du printemps,
Timide amante des bocages,
Ton doux parfum charme mes sens,
Et tu sembles fuir mes hommages.

Semblable au bienfaiteur discret
Dont la main secourt l'indigence,
Tu nous présentes le bienfait
Et tu crains la reconnaissance.

Dans tes solitaires bosquets
Reste, violette chérie ;
Heureux qui répand des bienfaits
Et comme toi cache sa vie.

DUBOS.

*
* *

Voici un joli quatrain sur la violette, extrait de
la fameuse *Guirlande de Julie* et composé par le
poète Desmarets. Nos lecteurs savent que cette guirlande était un manuscrit sur vélin, offert à mademoiselle de Rambouillet par son fiancé le duc de
Montausier. Il fit peindre une fleur en miniature sur
chaque feuillet et invita dix-neuf poètes à prêter leur
voix aux fleurs.

Modeste en ma couleur, modeste en mon séjour,
Franche d'ambition, je me cache sous l'herbe ;

> Mais si sur votre front je puis me voir un jour,
> La plus humble des fleurs sera la plus superbe.

Après tous ces témoignages, la violette pouvait croire sa réputation établie sur des bases inébranlables; mais hélas! qui peut se vanter de plaire à tous, de réunir longtemps tous les suffrages! Un ami des fleurs (on n'est jamais trahi que par les siens), le spirituel jardinier de Nice, a osé contester la belle vertu décernée à la violette, il a osé dire et écrire qu'elle n'était pas modeste. Lisez vous-mêmes cette triste et décevante page, chères lectrices, elle vous prouvera d'abord combien la renommée est chose vaine et ensuite, que dans ses jugements

> Souvent l'homme varie,
> Bien fol est qui s'y fie.

« Pourquoi avez-vous dit que la violette était modeste? parce qu'elle se cache sous l'herbe. La violette ne se cache pas sous l'herbe, elle y a été cachée par la nature. On n'est pas modeste pour être d'une naissance humble et obscure.

« Pourquoi ne dites-vous pas que l'or est modeste, lui qui est caché dans les entrailles de la terre, et qui même lorsqu'on l'a trouvé se déguise en quelque minerai qui n'a guère l'air d'être de l'or?

« Pourquoi ne dites-vous pas que les diamants sont modestes, eux qui sont cachés dans la terre, bien plus encore que l'or, et qu'il faut briser et tailler pour leur arracher leur éclat. Pourquoi ne dites-vous pas que les perles sont modestes, elles qui ne se trouvent que dans les gouffres de la mer?

« Mais la violette! la violette est née dans l'herbe, il est vrai; mais que d'intrigues pour en sortir! outre les couleurs qu'elle affecte et qui la font distinguer fa-

cilement, n'exhale-t-elle pas ce parfum provoquant
qui la ferait découvrir à un aveugle ? La violette modeste ! voyez où elle est arrivée : elle a couvert de sa
livrée les chefs de l'Église, les évêques et les archevê-
ques ; le noir est le deuil de tout le monde, la violette
est devenue le noir des rois et le deuil de la pourpre...
La violette modeste ! mais voyez donc ses coquetteries :
la voici blanche ! la voici double comme une petite
rose, blanche, violette, grise, rose !

« Quand elle a vu qu'on la mêlait à la politique, loin
de se dérober aux ovations et aux persécutions qui
les préparent, elle a eu le charlatanisme de se montrer
tricolore ! Voyez-la ici, sa corolle extérieure est violette, les pétales internes sont bleues et roses ; déguisée ainsi, les jardiniers l'appellent violette de Bruneau.

« La violette modeste ! elle a été proscrite, persé-
cutée, exilée, ce qui n'est qu'autant de coquetteries.

« Mais il faut que je vous révèle encore une des ruses
qu'elle emploie pour se faire valoir ; les autres fleurs
laissent conserver leurs parfums dans des essences ;
les parfumeurs nous vendent l'hiver l'odeur des roses,
celle des jasmins, des héliotropes. La violette seule a
toujours refusé de se séparer de la sienne ; ce n'est
que dans sa corolle qu'on la trouve ; les parfumeurs
sont obligés de faire, avec la racine de l'iris de Flo-
rence, certaine fausse et âcre odeur de violette, dont
vous reconnaissez l'insuffisance au printemps.

« Vous voulez respirer l'odeur de la violette, ma
bien bonne amie, dit-elle à la femme qui la désire, at-
tendez que je revienne ; respirez des roses, respirez
des jasmins, il n'y a pas besoin pour cela de roses et
de jasmins, les parfumeurs mettent leur odeur en bou-
teille ; mais moi, ma chère, il faut m'attendre. » Ainsi
parle la modeste violette.

« La violette est une espèce particulière de Cincin-
natus, comme en ont produit les temps modernes, qui
ne se retirent à la campagne et ne mettent la main à
la charrue qu'à condition qu'on les y vienne chercher
pour les faire consuls, généraux ou dictateurs. »

Malgré cette malicieuse boutade de son ingrat ami,
que la violette se console, elle n'en conservera pas
moins son délicieux emblème ; il nous reste à expliquer son symbole politique.

Dans les derniers mois de 1814, lorsque se prépa-
rait le retour de l'île d'Elbe, les adeptes allaient répétant tout haut que le Petit Caporal reviendrait avec la
violette, c'est-à-dire avec le mois de mars et le premier
soleil de printemps : l'époque était fixée d'avance. La
fleur printanière fut prise pour signe de ralliement,
l'Empereur était même désigné par le surnom du père
la Violette. Après la rentrée de Louis XVIII, comme
cette fleur était quelquefois un sujet de discorde, ce
prince la porta un jour à sa boutonnière en disant :
j'amnistie la violette !

*
* *

La *modestie* est à la vertu ce qu'un voile est à la beauté ; elle
en fait ressortir l'éclat.

*
* *

La *modestie* est une grande lumière ; elle laisse l'esprit toujours ouvert et le cœur toujours docile à la vérité.

GUIZOT.

*
* *

Dieu a fait trois chefs-d'œuvre de grâce, de suave parfum et
d'ineffable *modestie* :
Une fleur, un fruit, une créature.
Elles composent la plus exquise trinité dont il ait doté cette
terre.

Toutes trois se cachent sous leurs voiles, qu'ils soient de feuillage ou de lin.

La fleur se nomme... la violette.

Le fruit se nomme... la fraise.

La créature se nomme... la jeune fille.

Elles forment le triple joyau du Printemps.

Ce n'est pas par le rang, ce n'est pas par l'artifice, ce n'est pas par la richesse dont elles peuvent être entourées que ces trois merveilles du Seigneur possèdent la suprématie de la beauté.

La jeune fille est belle sans atours, aussi bien quand elle est née dans une grange, que lorsqu'elle est fille de seigneur.

La fraise qui pousse toute seule dans les bois est meilleure que celle des jardins et des serres.

La violette qui embaume les pieds des grands peupliers, comme autrefois l'hôtesse antique parfumait les pieds de ses hôtes, est bien plus odorante que la pâle violette de Parme obtenue par la culture...   **X.**

*
* *

L'oiseau revient, le soleil brille.
Boutons de fleurs et bourgeons verts,
Te souriant, ô jeune fille,
Tout joyeux se sont entr'ouverts.

Déjà la fraîche pâquerette
A la brise livre son front.
Les pétales de l'indiscrète,
Bientôt flétris s'effeuilleront.

De séduisantes grappes blanches,
Orgueil du printanier lilas,
Se bercent au sommet des branches...
Même sort les attend, hélas !

Plus timide, la violette
Dérobe aux regards son trésor :
Vers Dieu, du fond de sa retraite,
Son chaste arome prend l'essor.

Ensevelie en son mystère,
Elle parfume nos chemins
Et ne sort de son sanctuaire
Que pour être utile aux humains.

N'est-elle pas comme la vierge
Qui, du cloître aspirant au ciel,
Garde, sous le voile de serge,
Une âme humble, pure et sans fiel ?...

L'oiseau revient, le soleil brille.
Boutons de fleurs et bourgeons verts,
Te souriant, ô jeune fille,
Tout joyeux se sont entr'ouverts.

Pour toi chantent, dans la nature,
Des voix qui voudraient te charmer.
Suis celle qui dit : « Sans parure,
La vertu sait se faire aimer. »

Va dans le pré, dans la clairière,
Cueillir la violette en fleur ;
Chéris la simple conseillère...
Sois toujours sa *modeste* sœur.

Mᵐᵉ JULIE FERTIAULT.

Voici ma tâche presque achevée, mesdemoiselles, il ne me reste plus qu'à nommer quelques plantes dont la signification, pour être comprise, exige peu de détails :

BARDANE. — IMPORTUNITÉ.

Ses graines s'attachent aux vêtements, et il est très-difficile de s'en débarrasser.

✦✦✦✦✦✦✦✦✦✦✦✦

CÈDRE. — AUDACE.

J'ai vu l'impie adoré sur la terre ;
Pareil au cèdre, il cachait dans les cieux
Son front *audacieux* ;
Il semblait à son gré gouverner le tonnerre,
Et foulait à ses pieds ses ennemis vaincus.
Je n'ai fait que passer ; il n'était déjà plus.

✦✦✦✦✦✦✦✦✦✦✦✦

CHARDON. — AUSTÉRITÉS.

Le chardon, par ses épines, rappelle les *austérités* des anachorètes.

CIGUË. — PERFIDIE.

Le suc de la ciguë est un poison violent, et malheureusement cette plante vénéneuse ressemble beaucoup au persil. Cette ressemblance a occasionné quelquefois de douloureux accidents.

L'honneur et le flambeau de la Grèce, le plus sage des hommes de l'antiquité, fut condamné à boire de la ciguë :

Mais Socrate, élevant la coupe dans ses mains :
« Offrons, offrons d'abord aux maîtres des humains
De l'immortalité cette heureuse prémice. »
Il dit, et vers la terre inclinant le calice
Comme pour épargner un nectar précieux,
En versa seulement deux gouttes pour les Dieux,
Et de sa lèvre avide approchant le breuvage,
Le vida lentement, sans changer de visage.
Puis, sur son lit de mort doucement étendu,
Il reprit aussitôt son discours suspendu :
« Espérons dans les Dieux et croyons en notre âme.
. . . . »

GIROFLÉE DE MAHON. — PROMPTITUDE.

En très peu de temps cette plante germe, grandit et fleurit.

HÊTRE. — PROSPÉRITÉ.

Ce bel arbre s'élève très promptement; on le voit croître, pour ainsi dire, à vue d'œil.

Être sage dans la *prospérité*, c'est savoir marcher sur la glace.

SOCRATE

IVRAIE — VICE.

Rappelez-vous la parabole où J.-C. parle de l'ivraie et du bon grain.

*
* *

Ce que la maladie produit dans le corps, la rouille sur le fer, l'insecte dans la haine, !e ver dans le bois, le *vice* le produit dans l'âme. Il la rend esclave, il la déforme, se l'assujettit, et lui ôte toute beauté.

SAINT JEAN CHRYSOSTOME.

JASMIN. — AMABILITÉ.

Cette plante délicate, élégante et mignonne, devait être prise pour emblème de l'amabilité.

LILAS BLANC. — JEUNESSE.

La fleur du lilas blanc, comme celle de la jeunesse, comme toutes les autres fleurs, dure..... l'espace d'un matin.

MORELLE DOUCE-AMÈRE. — VÉRITÉ.

Le suc de la morelle, amer d'abord, laisse un arrière-goût sucré ; de là son nom de *douce-amère* ou amère-douce.

On en a fait l'emblème de la vérité, sans doute parce que les bienfaits de la vérité sont souvent mélangés d'amertume.

Amère en effet nous semble la vérité lorsque, s'imposant à notre conscience, elle contrarie nos goûts et nos penchants. Toutefois, elle nous fait éprouver plus tard une *douce* satisfaction lorsque, l'ayant reconnue, nous écoutons sa voix.

*
* *

La *vérité* est une reine qui a dans le ciel son trône éternel, et le siège de son empire dans le sein de Dieu.

BOSSUET.

*
* *

La *nuit* disait au *phare* :

— A quoi sers-tu ? Vois, la mer est calme, aucun danger ne menace le navire. Le pilote dort.

Le phare répondit :

— Le pilote est libre de veiller ou de dormir. Mon devoir, à moi, est de lui montrer à toute heure les écueils et le port dans les ténèbres.

Ainsi la *vérité* brille d'un éternel éclat au-dessus de nos têtes. Si nous fermons les yeux et si nous nous égarons, n'accusons que nous-mêmes.

OSIER. — FRANCHISE.

On dit souvent : franc comme osier, probablement parce que l'osier se prête *franchement* à nos besoins et même à nos caprices.

10.

Pour être une vertu, la *franchise* doit être réglée par la prudence ; sans quoi c'est sottise.

Oxenstiern.

QUINTE FEUILLE. — FILLE CHÉRIE.

Lorsque le temps est pluvieux, les feuilles de cette plante se rapprochent et se penchent sur la fleur comme pour l'abriter et la protéger. On dirait une tendre mère veillant sur son enfant chéri.

*
* *

Je reconnais Dieu à ses œuvres comme j'ai reconnu ma mère à ses caresses.

De Gerando.

REINE MARGUERITE. — VARIÉTÉS.

Il existe de nombreuses *variétés* de marguerites.

RENONCULE SCÉLÉRATE. — INGRATITUDE.

Plus on cultive cette plante, plus elle est *malfaisante*.

*
* *

L'ingrat me semble un abrégé de toutes les bassesses, et ià plus indigne des créatures.

Oxenstiern.

SAINFOIN OSCILLANT. — AGITATION.

Cette plante, originaire du Bengale, a des feuilles qui se composent de trois folioles : les deux plus petites sont animées jour et nuit, d'un *mouvement continu*, rapide et saccadé, tandis que la troisième reste immobile.

SCABIEUSE. — FLEUR DES VEUVES.

Triste, fidèle et d'une humble couleur,
La *fleur de veuve* est le nom qu'on lui donne :
Et quand la terre humide est sans chaleur,
Elle périt aux derniers jours d'automne.

DIONÉE ATTRAPE-MOUCHE. — PIÈGE.

Les feuilles de la dionée sont terminées par deux plaques arrondies hérissées de poils et réunies par une nervure en forme de charnière. La liqueur répandue sur la face supérieure des feuilles attire les insectes. Si une mouche vient à toucher ces feuilles, dont l'irritabilité est extrême, les deux plaques se rapprochent vivement, les poils se croisent, la mouche, prise au *piège*, se débat quelques instants et meurt bientôt étouffée, l'imprudente !

Maintenant je termine, car je n'ai pas besoin de vous expliquer pourquoi la citrouille est l'emblème de la *grosseur;* la vigne, celui de l'*ivresse*. Pourquoi le pin signifie *hardiesse;* le sapin, *élévation;* le baume de Judée, *guérison;* le cactus, *bizarrerie;* la clochette, *bavardage;* le pois de senteur, *délicatesse ;* le volubilis, *attachement*. Pourquoi encore le gui signifie : *je surmonte tout;* la glycine de la Chine, *votre amitié m'est douce et agréable*, etc., etc.

Le Bouquet symbolique ou la Lutte du parterre.

Parmi mes fleurs faisons un choix
Où mon père trouve un emblème
Qui bien mieux que ma faible voix
Puisse lui dire que je l'aime.

Là, d'abord, un superbe *lis*
Tout brillant des pleurs de l'aurore,
Présente à mes yeux éblouis
Sa fleur qui ne fait que d'éclore.
Porte-moi vers ton bienfaiteur,
Me dit cette plante si belle,
Tu sais bien que de la candeur
Je suis le plus parfait modèle.

N'espérant rien trouver de mieux,
J'y porte une main empressée;
Le lis ne frappe que les yeux,
Je parle au cœur, dit la *pensée*.
Peux-tu balancer un moment
A me donner la préférence?
Le symbole du sentiment
Doit plaire à la reconnaissance.

Que répondre à ce dernier mot?
J'étais sur le point de me rendre;
Voilà *l'immortelle* aussitôt
Qui me prie humblement d'attendre.

Mon éclat n'est jamais terni,
Tu me verras toujours la même;
Des vertus d'un père chéri
Je suis le plus touchant emblème.

Tendre enfant, bien mieux que le lis
Ou la pensée, ou l'immortelle,
Je puis, me dit alors *l'iris*,
Flatter ton amour et ton zèle.
Parmi nous, tu voudrais choisir
Un gage de reconnaissance;
A ton âge on ne peut offrir
Que le signe de l'espérance.

Tout auprès d'un arbre voisin,
Un *lierre* étendait son feuillage :
Cueille-moi, me dit-il soudain,
Ton père entendra mon langage.
Ces fleurs ne durent qu'un instant,
Le moindre souffle les arrache ;
Symbole d'un amour constant,
Pour moi, je meurs où je m'attache.

Quel est alors mon embarras !
A quoi me décider? que faire?
Comment vider de tels débats,
Et qu'offrir à mon tendre père?
Cueillons tout... Il faut tout offrir :
Lis, pensée, iris, immortelle;
Puis, le *lierre* va les unir.....
Et j'ai terminé la querelle.

PROVERBES

Et souvenirs historiques

SE RAPPORTANT AUX *PLANTES*

Amer comme chicotin.

L'île de Sucotora, dans les grandes Indes, fournit à la médecine l'aloès le plus amer et le plus estimé, appelé aloès succotrin. De là est venu ce dicton : *amer comme succotrin*, auquel le peuple a substitué le mot *chicotin*.

*
* *

Attendez-moi sous l'orme.

L'origine de ce proverbe vient de ce que, autrefois, les juges tenaient leur juridiction à la porte des maisons des seigneurs, et d'ordinaire sous un arbre planté devant le manoir seigneurial. On les appelait les plaids de la porte, et parce que d'ordinaire il y avait un orme, on a dit des premières assignations données en justice : *Attendez-moi sous l'orme*.

Pour nous, cette phrase signifie : le rendez-vous que vous me demandez est désagréable, aussi je me garderai bien de m'y rendre.

*
* *

Avoir du foin dans ses bottes.

Quelle déesse bizarre, changeante et capricieuse que la mode ! Aujourd'hui, on voudrait que les cordonniers pussent arriver à résoudre ce problème tant soit peu difficile : faire en sorte que le contenant soit plus petit que le contenu, tandis qu'autrefois, au beau temps des souliers à la poulaine, c'était à qui aurait les chaussures les plus longues. Elles variaient, suivant les conditions, de un pied à deux pieds et demi de longueur ; le signe suprême de la distinction, de la richesse, c'était de posséder des pieds..... non, je me trompe, des souliers d'une dimension prodigieuse. Les souliers sont un peu comme la nature, ils ont horreur du vide..... Pour remplir ce vide, il fallut employer quelque moyen ; on imagina tout simplement de mettre du foin. Or, plus un homme était riche et puissant, plus ses souliers étaient grands, et plus, naturellement, il employait de fourrage ; de là cette expression : *Il a du foin dans ses bottes*, c'est-à-dire il est riche.

*
* *

Ce n'est pas pour des prunes.

C'est-à-dire ce n'est pas pour *rien*. Mais ce mot *rien* ne saurait s'appliquer aux prunes qui font aujourd'hui nos délices, comme les mirabelles et les reines-claudes. On n'entend parler ici que de ces détestables petits fruits du prunellier que la greffe a perfectionnés avec tant de succès.

Au sujet de ce proverbe, on rapporte aussi le conte suivant :

Le docteur Martin Grandin, doyen de Sorbonne,

avait reçu en présent quelques boîtes d'excellentes prunes de Gênes qu'il serra dans son cabinet. Un jour qu'il laissa, par mégarde, la clé à la porte, des écoliers, ses pensionnaires, entrèrent dans le cabinet, et firent main basse sur une demi-douzaine de ces boîtes qui restaient. Le docteur fit grand bruit, et aurait chassé ses écoliers, si l'un d'eux, se jetant à ses genoux, ne lui eût dit : « Hé! monsieur, si vous nous traitez de la sorte, voyez la conséquence ; on dira que vous nous avez chassés *pour des prunes.* » Cette naïveté fit rire le bonhomme, qui pardonna aux coupables.

*
* *

C'est la fleur des pois.

Cette locution se dit d'un homme riche, particulièrement aimable, qu'on se dispute dans les sociétés, qui s'y fait désirer, et dont les goûts et les fantaisies sont adoptés sans conteste.

Quelle est la raison qui a fait attacher une idée de supériorité et de choix à la fleur des pois? Elle n'a rien de remarquable ni par sa forme, ni par ses couleurs. Un savant étymologiste, M. Nisard, va nous aider à répondre à cette question :

Dans un vieux livre, il est question de *la fleur des proyes* offerte à Jupiter Capitolin. Or, M. Nisard pense que la fleur des pois a été dit par corruption pour la fleur des proyes, c'est-à-dire, les prémices du butin fait sur l'ennemi. C'était la première part, la plus noble, la plus rare, la plus précieuse. On appelait du nom de *proie* les bœufs, les vaches et les moutons réunis en troupeaux.

Si cette explication ne satisfait pas mes lectrices, je

donnerai l'origine suivante à la locution qui nous occupe ; elle pourrait bien être la vraie :

La fleur des pois a pu être dit simplement pour *la
fleur des bois*, c'est-à-dire, pour telles fleurs charmantes que nous rencontrons par hasard dans nos promenades champêtres, qui s'épanouissent à l'ombre d'un
buisson, au milieu d'un tapis de verdure et qui sur-
passent en beauté les fleurs de nos jardins.

C'est un sycophante.

Les Grecs cultivèrent le figuier dès la plus haute antiquité ; il était chez eux en grand honneur. Il fut
même un temps où il était défendu, sous peine de
mort, de le transporter hors de l'Attique ou de toucher
aux figues des arbres consacrés aux divinités. Des ré-
compenses alors étaient promises à ceux qui feraient
connaître les violateurs de cette loi. Plusieurs fois, des
misérables, poussés par l'appât du gain ou par la ven-
geance, dérobèrent eux-mêmes les fruits sacrés, et mirent ce sacrilège sur le compte de quelques hommes
bien innocents. On donna à ces imposteurs le nom de
sycophantes.

C'est un fruits secs [1].

Un élève qui échoue dans ses examens est appelé
fruits secs; voici, selon M. Génin, l'histoire qui a
donné lieu à cette expression :

A l'une des premières promotions de l'École poly-
technique, il y avait alors un élève venu d'une des

[1] Ce mot s'écrit ainsi au singulier.

11

provinces du Midi, où son père faisait en grand le commerce des fruits secs. Ce jeune homme, dont la vocation n'était pas du côté des mathématiques, travaillait peu ou ne travaillait pas du tout. Et quand ses camarades essayaient de le stimuler par la crainte de manquer ses examens et de perdre sa carrière, il répondait d'un ton insouciant et avec un accent provençal : « Eh ! qu'est-ce que cela me fait ? Eh bien ! je serai dans les fruits secs comme mon père ! » Ce mot, obstinément répété, fit fortune ; le jeune homme fut effectivement dans les fruits secs, et depuis, on a dit par allusion et par euphémisme : Un tel sera dans les fruits secs ; il a été *fruits secs*.

*
**

Conter des fagots.

Conter des choses invraisemblables, mentir, débiter des nouvelles controuvées.

Selon quelques écrivains, on a d'abord dit : compter des fagots pour des cotrets, — et cela signifiait tromper, car le cotret, quoique ressemblant au fagot, vaut mieux que lui.

Voici l'origine plaisante donnée à ce proverbe :

En 1631, un nommé Renaudot, médecin de Paris, publia la première feuille publique qui eut existé en France et lui donna le nom de *gazette,* il la fit crier par les rues comme l'on crie aujourd'hui les journaux ; le hasard voulut qu'un marchand de fagots se trouvât dans la même rue que le colporteur ; et dans le moment où celui-ci venait d'annoncer la gazette l'autre criait : *fagots ! fagots !* Ce qui fut remarqué et fit donner le nom de fagots aux nouvelles mensongères de la gazette.

Et moi, suis-je sur un lit de roses ?

En 1521, Fernand Cortez se rendit maître du Mexique où régnait alors Guatimozin, de la dynastie des Aztèques. Le jeune empereur, (il n'avait alors que 25 ans,) après avoir défendu Mexico, sa capitale, avec le plus grand courage, tomba entre les mains du vainqueur. Cortez eut la faiblesse de l'abandonner à des forcenés qui, pour le forcer à découvrir ses trésors, le mirent à la torture, l'enduisirent d'une couche d'huile et l'exposèrent ainsi sur des charbons ardents. Près de lui, son premier ministre endurait le même supplice lorsque, vaincu par la douleur, il tourna ses regards suppliants vers son maître comme pour lui demander la permission de révéler le secret. Guatimozin lui répondit : *et moi, suis-je sur un lit de roses?* Peu après le ministre expira. Guatimozin fut enfin délivré du supplice par Cortez; mais moins d'une année après, ce malheureux prince fut pendu, sous prétexte qu'il attisait des révoltes continuelles et qu'il avait voulu s'échapper de sa prison.

*
* *

Faire l'école buissonnière.

Faire l'école buissonnière, c'est courir les champs, battre la campagne, chercher des nids d'oiseaux, jouer ou dormir à l'ombre des *buissons*, comme aiment à le faire les écoliers paresseux au lieu d'aller en classe.

*
* *

Il est du bois dont on fait les flûtes.

Cette phrase appliquée à un homme, signifie :

Il est faible ou complaisant, il ne veut ou il n'ose contredire personne. Au figuré, un tel homme est un *roseau* qui plie à tous les vents. Or, chacun sait que les bergers autrefois se fabriquaient des flûtes avec de simples roseaux.

Laitues de Dioclétien.

En l'année 305 de Jésus-Christ, Dioclétien, fatigué des affaires, dégoûté du pouvoir, abdiqua l'empire et se retira à Salone, sa patrie. Dans cette obscure retraite, ce prince philosophe cultivait lui-même son jardin et savourait les douceurs d'une vie paisible ; il disait n'avoir commencé à vivre que du jour de son abdication. Et à celui qui l'engageait à reprendre la couronne, il répondit : Venez à Salone, vous y verrez si le soin que je prends de mon jardin ne me rend pas plus heureux qu'un empire, et vous apprendrez vous-même à apprécier le bonheur que je goûte en cultivant *mes laitues*.

Dioclétien a terni l'éclat de son règne par une des plus sanglantes persécutions contre les chrétiens.

Le roi de la fève.

Depuis longtemps, la fève jouit d'un singulier privilège. C'était au moyen d'une fève blanche et d'une fève noire que les Grecs élisaient leurs magistrats, et les Romains tiraient à la fève le roi des festins.

En France, le jour des Rois, un grand nombre de familles se rassemblent encore autour du gâteau qui retrace les présents des Mages, et qui contient une fève, gage d'une royauté de quelques heures pour celui que le sort favorise.

Quoique bien jeunes, Mesdemoiselles, vous avez possédé déjà cette douce royauté qui ne coûte ni soucis, ni larmes ; déjà vous avez porté avec joie ce sceptre éphémère, le seul qui ne pèse point dans la main, et vous avez dit avec M. Anatole Coutris :

Hier, j'étais roi! cette petite fève,
Vrai talisman caché dans mon gâteau,
M'a proclamé. — Mais ce n'était qu'un rêve,
Rêve enchanteur, je m'éveille trop tôt!

Hier, j'étais roi! — Mais hélas! sur la terre,
Aux plus beaux jours Dieu met un lendemain :
Mon trône d'or, ma couronne éphémère,
J'ai tout cela dans le creux de ma main

Hier j'étais roi! — Roi d'un festin, qu'importe !
Mais j'étais roi : ce titre était le mien;
J'avais la joie et l'orgueil qu'il apporte;
Dans ce beau jour j'avais tout, — et puis rien.

Hier j'étais roi! Roi d'un jour, roi d'une heure,
Roi d'un instant, par le sort même élu,
Royauté vraie, en passant je t'effleure,
Sans te saisir : Dieu ne l'a pas voulu!

Mais Dieu voudra qu'à mon heure suprême,
Roi détrôné que relève la Foi,
Je ceigne enfin l'éternel diadème
Dans ce festin où tout le monde est roi.

**
* *

11*

Ménager la chèvre et le chou.

C'est-à-dire ne pas se compromettre dans une affaire, trouver le moyen de conserver de bons rapports entre deux adversaires. Voici l'ancien problème qui a donné lieu à ce dicton : une homme doit faire passer dans son bateau un loup, une chèvre et un chou, et il ne doit les passer que séparément. Comment fera-t-il pour qu'en son absence le loup ne mange pas la chèvre, pour que la chèvre ne mange pas le chou ?

Voici la solution de ce problème *compliqué* :

Il faut d'abord prendre la chèvre seule, le chou reste avec le loup, qui n'y touche pas. Au second voyage, on prend le chou et on ramène la chèvre, au lieu de laquelle il faut passer le loup qui, étant à l'autre bord auprès du chou, n'y fera aucun tort. Alors le maître revient, reprend la chèvre restée seule, et *ménage* ainsi *la chèvre et le chou*.

Les Grecs juraient par le chou. Quel honneur pour ce légume. *Vertuchou !* c'était le serment particulier des Ioniens ; de nos jours on emploie encore cette formule en plaisantant et en lui conservant le même sens.

*
* *

Poires d'angoisse.

La poire portant ce nom n'est pas de la famille de ces fruits délicieux que vous aimez tant, mesdemoiselles, c'est tout simplement un instrument de supplice, tout à fait diabolique, datant du seizième siècle, et qui consistait en une sorte de cadenas fait en forme de poires, que les voleurs introduisaient dans la bouche des patients qu'ils voulaient dévaliser. Cet instrument était muni de certains ressorts intérieurs, au moyen desquels il s'élargissait et faisait tenir la bouche béante, de manière à ce qu'on ne puisse jeter un cri. Il n'y avait moyen de le fermer qu'à l'aide d'une clé faite expressément pour ce sujet. L'origine de cette abominable invention remonte, selon les uns, à un certain voleur nommé Palioli, né dans les environs de Toulouse, et selon les autres, à un chef de bandes, le capitaine Gaucher.

*
* *

Pomme de Guillaume Tell.

Gessler, gouverneur d'un canton Suisse pour l'empereur d'Allemagne (1307), fit arborer un jour un chapeau sur la place publique d'Altorf et voulut obliger les Suisses à le saluer en passant :

— Non, non, méchant, devant ton chapeau, élevé sur cette perche, aucun homme de cœur, aucun homme d'honneur ne s'inclinera. — Guillaume Tell ne s'inclinera pas.

Tu as beau grincer des dents, ô tyran ! celui qui est libre demeure libre, et, ne possédât-il rien, il lui reste encore le courage et la fidélité.

Le bailli, plein de colère, s'emporte et s'écrie : Tell, tu tireras là-bas ; tu viseras la *pomme* que je ferai placer sur la tête de ton fils ; sinon, vous périrez tous deux.

Tell écoute et supplie en vain : — Tue-moi, dit-il, me voici. — Inutiles prières ! — Il regarda son fils et pleura amèrement.

Puis il pressa l'enfant contre son cœur ; quel moment d'angoisse ! et il lui dit à voix basse : — Tiens-toi tranquille, ne crains pas ; je ne te ferai point de mal, tiens-toi tranquille.

Il le conduit doucement près d'un arbre, pose la pomme sur sa tête, et parcourt rapidement l'intervalle mesuré.

Il se hâte de saisir son arbalète et sa flèche ; il tend la corde, vise avec calme ; l'enfant demeure immobile. Par un mouve-

11**

ment à peine visible, Tell lâche le ressort, la flèche siffle, la pomme tombe.

Le fils de Tell, transporté d'une joie enfantine, se précipite dans les bras de son père en lui apportant la pomme au bout de la flèche.

Jamais son père ne l'embrassa avec autant de tendresse ; jamais il ne rendit de telles grâces à Dieu : jamais le bonheur ne naquit ainsi pour lui d'une douleur poignante ; jamais l'honneur ne rejaillit ainsi pour lui de l'insulte et du mépris.

LAVATER, *poésie.*

Pomme de Newton.

En 1665, Newton, ce génie dont s'honore l'humanité, se retira dans son domaine de Woolstrop. Un jour que, plongé dans une méditation profonde, il était assis sous un pommier, une pomme vint tomber à ses pieds. Cet incident si vulgaire le fait réfléchir sur la nature de cette singulière puissance qui sollicite les corps vers le centre de la terre, et les y précipite avec une vitesse accélérée; soudain un éclair illumine son esprit et il conçoit la première idée de la gravitation universelle, propriété en vertu de laquelle tous les corps s'attirent en raison directe de leur masse et en raison inverse du carré des distances. Plus tard, il expliqua à la fois par cette loi unique le mouvement des planètes autour du soleil, celui de la lune autour de la terre, le cours des comètes, le flux et le reflux de la mer.

Racine passera comme le café.

Cette phrase est attribuée à madame de Sévigné, quoiqu'elle ne se trouve pas dans ses lettres.

Il est vrai que la spirituelle marquise avait une admiration enthousiaste pour Corneille et ne croyait pas beaucoup à l'avenir de Racine, dont elle disait : *il n'ira pas loin;* il est vrai encore qu'elle s'est méprise sur les brillantes destinées du moka, dont elle disait aussi : *on s'en désabusera bientôt;* mais il est peu probable pourtant qu'elle ait rapproché ces deux opinions et mis en parallèle Racine et le café. Le rapprochement *injurieux* de ces deux idées a dû être fait par La Harpe, car on trouve, pour la première fois, dans son cours de littérature, cet aphorisme qu'il prête à madame de Sévigné : *Racine passera comme le café.*

*
* *

Rompre la paille.

Pour couper tout chemin à nous rapatrier,
Il faut rompre la paille. Une paille rompue
Rend, entre gens d'honneur, une affaire conclue.

MOLIÈRE.

Cette image de la rupture d'un engagement ou d'un lien a pour origine, dit M. Charles Rozan, l'habitude établie chez les Gaulois et chez les Romains de donner un fétu ou brin de paille en prenant possession d'une terre ou d'une maison, et de rompre, au contraire, quelques brins de paille en se désaisissant de sa propriété, — Chez les Romains, l'homme qui abandonnait son bien à ses créanciers était obligé de rompre une paille sur le seuil de sa maison, ce qui signifiait qu'il faisait faux bond aux marchands, affront à ses amis, honte à ses parents, et rompait avec tous.

C'est de cette idée de séparation que l'usage et surtout l'expression se sont étendus aux relations d'amitié en servant à déclarer qu'on cessait tout commerce, toute liaison avec quelqu'un. — Quand les seigneurs français, convoqués au champ de mai, voulurent reprocher à Charles-le-Simple les concessions faites aux Normands, ils eurent recours à ce signe extérieur pour manifester leurs sentiments. Ils s'avancèrent au pied du trône, brisèrent chacun une paille et en jetèrent les morceaux à leurs pieds. Cela voulait dire : vous n'êtes plus notre roi, il n'y a plus rien de commun entre nous. — Le comte de Soissons, demandant une grâce à Sully, le menaça de *rompre la paille avec lui*, s'il ne l'obtenait pas.

**

Se mettre en rang d'oignon.

Le plus ordinairement, lorsqu'on achète des oignons, ils sont parfaitement alignés par ordre de grosseur. Nous avions cru que de cette particularité sur cette plante potagère était venue cette phrase : se mettre en rang d'oignon (c'est-à-dire en parlant de plusieurs personnes), se mettre par ordre, se ranger sur une même ligne ; nous étions dans l'erreur, cette locution familière a une autre origine :

En 1576, aux états de Blois, le maître des cérémonies (baron d'Oignon) assigna les places et les rangs aux députés des trois ordres, et il s'acquitta si bien de sa mission, qu'il eut *l'insigne honneur* de donner naissance au proverbe ci-dessus.

Dans certains pays l'oignon implique l'idée d'argent. Dire d'un homme *il a de l'oignon*, signifie : il est riche. Dans cette autre phrase qu'on emploie aussi quelquefois : *il y a de l'oignon*, la signification n'est plus la même, cela veut dire : il y a du bruit, du tapage.

* *
*

Tarquin abattant les têtes de pavots.

Les habitants de Gabies étaient depuis longtemps soulevés contre Tarquin. Pour les soumettre, Tarquin eut recours à une ruse perfide. Il engagea son fils Sextus à feindre quelques sujets de mécontentement, afin d'avoir un prétexte pour se joindre aux rebelles. Sextus se réfugie donc dans cette ville, il s'y rend agréable aux habitants , et est bientôt admis aux premiers emplois. Son autorité établie, il envoie un message secret à son père et lui demande ses ordres. Tarquin reçoit l'envoyé dans son jardin, il se promène quelque temps avec lui, et, au moyen d'une baguette qu'il tient à la main, *il abat les têtes de pavots* qui s'élèvent au-dessus des autres. Sextus comprit cette réponse muette et significative, il fit périr les hommes les plus marquants et livra la ville à son père.

Les Couronnes.

Les couronnes empruntent aux plantes tout ce qui sert à les composer ; elles doivent donc trouver leur place ici. L'usage des couronnes remonte à la plus haute antiquité ; elles étaient chez les anciens le prix et la récompense des grandes actions, de la vertu, du mérite, du talent, du courage, de l'adresse, etc. Les Grecs et les Romains en ont même un peu abusé, car chez eux on en mettait sur le front des prêtres dans les cérémonies, sur les autels, les vases sacrés ; on en garnissait les portes des maisons et les meubles. Les convives, dans les festins, en portaient jusqu'à trois : une sur le haut de la tête, l'autre sur le front, la troisième sur le cou (manière de manger pas commode du tout). Chaque divinité avait la couronne en rapport avec le gouvernement des choses terrestres auxquelles elle présidait ; Cérès était couronnée d'épis ; Morphée, de pavots ; Apollon, de lauriers ou de roseaux ; Vénus, de roses ; Minerve, d'oliviers ; Pan, de pin ; Palès, qui présidait aux bergeries, d'herbes, de gazons et de fleurs champêtres.

Disons encore que la couronne de Bacchus était de pampre, de raisin et de branches de lierre ; celle des Grâces, de branches d'olivier ; celle de Saturne, de figues nouvelles ; celle des Lares, de noyer ou de romarin ; celle de Junon, de feuilles de coings.

Dans les jeux Olympiques, le vainqueur recevait une couronne d'olivier sauvage, une d'ache sèche ou de branches de pin aux jeux Isthmiques, une d'ache verte aux jeux Néméens, une de laurier aux jeux Pythiques.

Pour exciter l'émulation et la valeur des citoyens, les Romains décernaient :

La couronne *civique*, qui était de chêne, à celui qui avait sauvé la vie d'un citoyen en tuant son ennemi.

La couronne *ovale*, qui était de myrte, à celui qui obtenait les honneurs de l'ovation ou petit triomphe.

La couronne *obsidionale* (de foin ou d'herbe) était décernée par les habitants d'une ville assiégée au général qui en avait fait lever le siège.

La couronne *navale*, en feuilles de chêne, au commandant qui avait battu les flottes ennemies.

La couronne d'*or* ou la couronne de *laurier* à celui qui méritait les honneurs du triomphe, etc., etc.

Les couronnes, chez nous aussi, mesdemoiselles, sont encore en grand usage. C'est avec une couronne sur la tête que, remplissant, à quatre ans, les fonctions des anges dont vous aviez la beauté et l'innocence, vous jetiez des fleurs sur le passage du bon Dieu le jour de sa fête ;

C'est une première couronne déposée sur votre front le jour d'une distribution de prix qui vous a fait éprouver une joie si douce que vous ne l'oublierez jamais ;

C'est le front ceint d'une couronne que la jeune fille s'avance à l'autel de l'hyménée ;

C'est une couronne que nous déposons, comme symbole de notre douleur, et comme gage de souvenir, sur la tombe des êtres qui ne sont plus et que nous aimons toujours.

Terminons en citant les vers suivants de M. Levain :

La couronne de roses et la couronne d'épines.

Il est deux couronnes au monde.
La première, toute de fleurs,
Ceint les fronts heureux; la seconde
Presse les fronts mouillés de pleurs.

L'une ne va qu'à peu de têtes :
La foule inquiète, ici-bas,
Dans le tourbillon de ses fêtes,
La cherche et ne la trouve pas.

L'autre, que ceignit un Dieu même,
Quand pour nous il mourut d'amour,
Déchire, sanglant diadême,
Le front des hommes tour à tour.

Oui, vous avez raison, ô poète ; mais à celles de mes lectrices qui seraient tentées de se plaindre en trouvant *plus tard dans la vie* tant de ronces pour une fleur, je leur dirai, et ce sera mon adieu :

> Consolez-vous : dans la souffrance
> *L'épine*, hélas! meurtrit le front ;
> Mais au jour de la récompense,
> Les *roses* la remplaceront.

TABLE DES MATIÈRES

A

F

G

H

I

J

L

M

N

O

S

T

V

Paris. — Imp. Larousse, rue Montparnasse, 17.

LIBRAIRIE LAROUSSE, 17, rue Montparnasse, PARIS

Succursale : rue des Écoles, 58 (Sorbonne)

ENVOI *franco* AU REÇU D'UN MANDAT-POSTE

PETIT TRÉSOR LITTÉRAIRE DES ENFANTS

Prose et poésie. Livre de lecture et de récitation; par M. GEORGES.
— Vol. in-18, cartonné, 50 cent.

Les morceaux qui composent ce nouveau recueil sont empruntés, pour la
plupart, aux auteurs contemporains, français et étrangers. Simples, courts,
variés, pleins de fraîcheur et d'attrait, ils font les délices des enfants.

TRÉSOR POÉTIQUE

Livre de **récitation**. 300 morceaux de poésie empruntés pour la
plupart aux poètes du XIXᵉ siècle; par LAROUSSE et BOYER. Joli volume
de près de 500 pages. Prix, cartonné : 2 fr.; avec reliure anglaise,
2 fr. 75 c.

On ne trouvera dans le TRÉSOR POÉTIQUE ni la *Mort d'Hippolyte*, ni les
Fureurs d'Oreste, ni le *Passage du Rhin*. Ces chefs-d'œuvre sont entre les
mains de tout le monde, et nous avions à faire ici autre chose que du double
emploi. *Du neuf! du neuf!* voilà les deux mots que nous aurions pu mettre en
épigraphe; aussi est-ce dans les œuvres de cette brillante pléiade des poètes
du XIXᵉ siècle que nous avons puisé de préférence.

Nous n'avons adopté définitivement un morceau qu'après nous être convain-
cus que ce morceau, par sa perfection, sa richesse, son attrait, son intérêt
dramatique, pouvait être débité au milieu d'une fête de famille ou dans une
distribution de prix : telle a été notre pierre de touche, tel a été le tamis
auquel nous avons passé plus de 300 pièces de poésie : CONTES, FABLES, DIA-
LOGUES, TABLEAUX, DESCRIPTIONS, POÉSIES RELIGIEUSES, POÉSIES MORALES,
POÉSIES DIVERSES.

LA CORBEILLE DE L'ÉCOLIER

Nouveaux Compliments en prose et en vers, pour Fêtes, Anniver-
saires, Jour de l'an, Cérémonies, etc. — Prix : 50 c.

LA VOIX DES FLEURS

Comprenant l'origine des emblèmes donnés aux plantes, les souvenirs et les légendes qui y sont attachés, les proverbes auxquels
elles ont donné lieu, les vers qu'elles ont inspirés aux poètes; enfin
des pensées morales des plus grands écrivains sur les vertus ou sur
les vices qu'elles représentent; par Mˡˡᵉ CLARISSE JURANVILLE. —
Joli vol. in-18 jésus. Broché, 2 fr.; relié en percaline, titre doré, 3 fr.

Paris. — Imp. LAROUSSE, rue Montparnasse, 17.

www.ingramcontent.com/pod-product-compliance
Lightning Source LLC
Chambersburg PA
CBHW051815020726
47502CB00005B/1464